Illustration／NAWO INOUE

「……どしたんだよ」

「ぎゅ〜ってしたくなった」

「なんだそれ」

唇の横にある飛馬の耳が冷たくて、甘噛みして頬ずりする。

プラチナ文庫

ふたりのはなし。

朝丘 戻。

"Futari no Hanashi."
presented by Modoru Asaoka.

プランタン出版

イラスト／井上ナヲ

目次

※本作品の内容はすべてフィクションです。

いま、初春のはなし

——千葉《ちば》へ行って以来四ヶ月経つ。年が明けて季節も変わり、春になろうとしていた。

永峰《ながみね》先輩は相変わらず、一ヶ月に二度のペースで俺の家へ来る。

理由は、

「最近おまえのこと見てるのが楽しいから」

だ、そうだ。……にやにやしやがって。筋肉脳は相変わらずろくなことを考えない。

俺は煙草の煙を吹いて腕を組み、永峰先輩がソファーでビールを呑《の》む姿を見下ろした。

現在の時刻は午後三時四十五分だ。

「もう十分でしょう先輩。さっさと帰ってくださいよ」

「おまえの仕事が終わるの待ってるんだろうがー。サッと片づけて一緒に呑もうぜ」

「まだ呑む気ですか」

「トーゼン！」

「今夜は終わりそうにありませんけど」

「じゃあ泊まっちゃおっかな～」

「困ります」

「あ、海東《かいとう》君に許可とらないとダメぇ？」

あからさまに怒りと不快感を顔にだしてしまったと思う。

永峰先輩はソファーの上で腹を抱えて転げまわった。

「ぶっはっははは っ！　これだよこれ！　この表情！　あー……楽しすぎる〜っ！」

唾《つば》を飛ばして、俺のお気に入りの透明テーブルをまた汚す。ぶん殴ってやる気力も失せて、溜息《ためいき》を吐き捨てて顔をそむけた。

……海東とは今までどおり、仕事で会うだけの日々が続いている。うちへ来るといつものように他愛ない会話をして、叶わない約束を交わして、キスをして帰って行く。

これが恋人なのかどうか、よくわからない。

まるであの千葉での出来事すべてが、幻想か妄想のような気さえする。

「玲二《れいじ》は海東君の名前だすと、異常に反応するよなあ」

「気のせいですよ」

「正月のあれも忘れてねえぞ。俺が新年の挨拶《あいさつ》に来てやってさ、〝海東君を呼ぼう〟って誘ったら〝アンタに会わせて迷惑かけたくないです〟とか突っぱねてたくせに、結局そわそわ電話した挙げ句〝仕事が忙しい〟って断られて、えらい落ち込んだ顔してさあ？　百面相だよ百面相。楽しくないわけがないねえ〜」

「気のせいだって言ってるだろブタ野郎」

「ほら、すっごい怒るし」

「普段どおりです」

「今年入ってからは玲二より俺の方が海東君と会ってるぜ〜……って言ったらもっと怒るだろ？　先週もプライベートで一緒に呑んだしな。どうだ羨《うらや》ましいか！　あっはっは！」

俺はテーブルの上の灰皿に煙草を揉《も》み消すと、げらげら下品に笑っている先輩を両手で奥へ押しやって、自分もソファーに腰掛けた。「痛いなー、なにするんだよっ」と横から投げられた文句は無視して、膝《ひざ》の上に肘《ひじ》を突いて両手を握る。

常に締切に追われている俺にとって時の流れははやい。でも想い続ける四ヶ月は長い。

「先輩は、海東が最近どんな仕事をしてるか知ってますか」

「なんだよ。そんなことも知らないのか？　ひっひひひ」

「質問にだけこたえてくれればいいんです」

「おまえらしくないなあ、彼に直接訊《き》けばいいのに。会いたいんだろう？」

いやらしい顔で詰め寄られてむかついた。そっぽを向いて目を瞑《つむ》る。

仕事を邪魔してまで会いたくない。ただ海東の胸のうちを理解できないのが不満だ。

雨がくる前の、千葉の物悲しい海を眺めたあと、あいつは、

『恋人っぽい行動なんてなにもないよ。もし俺がここで飛馬《あすま》を抱いたって、恋人になれる

わけじゃないでしょう』

と言った。『確かめる必要なんかない』と。

海ほたるで幸せの鐘を鳴らしたら『夢が全部叶った』とも言って微笑んだけど、つまり俺たちはもう恋人じゃないのだろうか。

海東が長年望んでくれていたのがこんな関係だなんて納得できないのに、自分がなにをすべきなのかわからない。

普通なら、もっと頻繁《ひんぱん》に電話したり、プライベートの時間をさいて会うべきなんだろうに、海東にはそんな希求も見えず、いつもどおり忙しそうだ。

一般的な感覚で大雑把な分類をするならば、友だちと恋人の違いはキスやセックスをするかどうかだと思うが、それも無意味だと機先を制されていて身動きできない。

〝普通〟だとか〝一般的〟だとかじゃなく、海東の願望を叶えることが大事なんだと我に返っても、もっともわからないのがそこで、頭に浮かぶのも海東の寂しげな笑顔ばかり。

どうすればうまく恋人になれるんだ。

恋人ってなんだ。

「おい、玲二。なに考え込んでるんだよ。面白いから聞かせろよ」

「……面白いってなんですか」

「面白いだろ〜。絶対なんかあるし」

「べつになにもありませんよ」

まったくだ。自分の言葉に納得した。

なにもない。いっそなさすぎて真っ白で、美しいぐらいだ。

俺は再びソファーを立って重たくなってきた瞼《まぶた》を擦《こす》り。

「……仕事します」

と、デスクへ戻った。


深夜、眠気ざましのためにテレビをつけてソファーで膝を抱え、顔を埋めた。明かりを消してカーテンも閉め切った真っ暗な部屋のなかで、テレビの光だけが煌々《こうこう》と眩《まぶ》しい。

画面では外国の古い映画をやっていた。

すでに終盤にさしかかっているモノクロ映画は、ハンサムな男優が美人女優を抱き寄せて情熱的なキスを交わしている。抱き合ったままベッドへ倒れ込み、目を見つめて微笑み合って、愛してる、と告白して、わたしもよ、とこたえて、そして。

……じっと睨《にら》んでいると、感情がさざ波のように揺れ動いた。同時に、透明テーブルの上に置いていた携帯電話が突然鳴りだして手に取る。

どうせ仕事の催促の電話だろうと決めつけて、発信者も確認せず「はい」とでたら、

『玲二？』

聞き慣れない声だった。

「……どちら様ですか」

『ふふ。久々だからわからないかあ……——柊《ひいらぎ》です』

にっこり笑む懐かしい顔が、ふわっと脳裏を過ぎる。

ああ。ロリコンの元上司。

『玲二の携帯番号は永峰に訊いたよ、ごめんね』

「いえ、かまいません。……お久しぶりです」

『四年ぶりぐらいかな？　本当、久しぶりだね。こんな時間にごめんね。今やっと仕事が終わってさ。どうせ玲二も仕事してるだろうと思って、眠気ざまし兼ねてかけてみたよ』

「お疲れさまです。俺はなかなか進まなくて四苦八苦してます」

『ははは。お互い相変わらずだ』

のんびり笑う柊さんの姿が記憶のなかで徐々に鮮明になっていった。今もあの天然パーマの髪をふらふら揺らして、腹黒く世渡り上手に生きてるのかな。

そういえば結婚したんだっけ、と思い出して、

「おめでとうございます、結婚」

と、祝いを伝えた。彼は照れたようにまた笑う。

『ありがとう。その件で電話したんだよ。わざわざお祝いもらっちゃってごめんね。海東君から受け取ったよ』

そうか。年明けに海東に頼んでたな。

「ほかに気の利いたことできなくて、すみません」

『ううん、嬉しかった。まさか玲二に祝ってもらえると思ってなかったから。だいぶ前に海東君に渡してくれてたんだってね。はやくお礼言いたかったんだけど引っ越しと仕事が重なって忙しくて、海東君に会えたのが先週だったんだ。それも彼から聞いてる?』

「いいえ」

返答してから〝先週〟という言葉に引っかかった。

「それ……もしかして、永峰先輩も一緒でしたか」

訊《たず》ねてみると、案の定『一緒だったよ』という返事。

『知ってたの?』

「いえ、詳しくは聞いてませんが、永峰先輩も先週、海東と呑んだって話してたんで」

『ああ、じゃあそのことだろうね。ごめんね、玲二にも声かければよかったね。あー……

でも、玲二はわいわいしたの苦手かな？』

「永峰先輩とは呑みたくないです」

『ははは。変わってないなあー……』

……あの野郎、あたかも海東とふたりで呑んだような言い方しやがって。

不快感も増して、俺は柊さんに最近永峰先輩がしょっちゅううちへ来ることを打ち明けた。昼間から酒を呑んで邪魔だ、礼儀がない、常識に欠けている、と愚痴《ぐち》をこぼす。

永峰先輩の上司でもあった柊さんは、あの人の奇行を熟知していて理解がはやい。おかしそうに笑いながら話を聞いてくれて『すっかり目が覚めた』と咽《む》せた。

『玲二らしいよねえ……怒っても拒絶しないところが』

「してますよ。あの人、気づいてくれないんです」

『でも家には入れてあげるじゃない？』

「放っておくとチャイムを鳴らしまくって〝開けろ〟って怒鳴って近所迷惑だからです」

『そのでこぼこコンビが、僕には微笑ましいよ』

「コンビにしないでくれませんか」

また爆笑される。

『確かに永峰は僕の家でも騒いでうるさかったけどねえ……呑み、うちでしたからさ』

「最低ですね。テーブルとか、唾で汚れたんじゃありませんか」

『ははは。まあまあ……あいつはさておき、そのうち玲二も我が家へおいでよ。奥さんも紹介したいし、新居できれいなうちにさ』

「奥さん、ですか」

『今年二十一歳のぴちぴちの新妻だよ』

今度は俺が咽せた。

「二十一!?　貴方の年齢を考えると、ぴちぴちにもほどがありますね」

『羨ましい？』

「いえ全然」

『あれ？　今もロリコンなんでしょう？』

「フィギュアは好きですけど、俺は一度だってロリコンだったことはないですよ」

『へえ……？　うふふ。そっちの趣味についても、久々に語り合いたいなあ。仲間が身近にいなくて寂しいからさ』

「ええ、そのうち時間があれば」

社交辞令だと受けとめて苦笑したが、柊さんは本気だったらしく、

『いつ頃なら時間あくの？』

と具体的な質問を振ってくる。あれ、と首を傾《かし》げて返答した。

「来週末あたりなら、すこし落ち着きますけど……」

『じゃあ土曜の午後においでよ。今もあの家から引っ越してないんでしょ？　うちの最寄りはS駅だから、三十分もあれば着くはず。連絡くれたら迎えに行くよ』

半ば強引にてきぱき決められてしまって「え。……ああ」と戸惑いが洩《も》れる。

『なにか予定があった？』

「いえ……べつに、なにもありません」

『ならいいね。一時ぐらいに着くようにでておいで。お昼ご飯ごちそうするから』

「はあ……じゃあ、お邪魔します」

『安心して。僕はいきなりビールなんて呑ませないよ』

ふたり揃《そろ》って笑った。まあ近頃散歩もあまりしてなかったし、ちゃんと外出して人と接するのも悪くないか、と考えて承知した。電話を切って溜息をつく。

テレビでは映画が終了して、寂しげなピアノ曲とともにスタッフロールが流れていた。

二日後、夜中の三時になる頃チャイムが鳴った。仕事がひとつ片づいて、仮眠をとるためにパジャマに着替えて横になった直後だった。

こんな夜中に誰だ？　と目を擦って起きあがり、まさか永峰先輩じゃなかろうな、と疑いつつ欠伸まじりにインターフォンにでると、

『飛馬……？　海東です』

と遠慮がちな声。驚いて、息を呑んだ。

『近くまで来たからちょっと寄ってみたんだけど、忙しかったかな？』

「今行く」

走って行ってドアを開けたら、本当に海東が立っていた。ベージュのジャケットに身を包んで、ちょっと困ったように眉間《みけん》にシワを一筋刻み、あどけなく微笑む姿。

「突然だな」

「ごめんね、すぐ帰るよ」

「いや……とりあえず、あがれよ」

「ン」

なかへ招いて奥のソファーへ座るよう促す。

海東は俺に「差し入れ」とコンビニ袋をよこすと、ジャケットを脱いでソファーに腰掛けた。俺も右横に座って、海東のヘンリーネックシャツのボタンをぼんやり眺める。

「飛馬、もしかして寝てた？」

「え、なんでわかった？」

吹きだした海東が右手をあげて、俺の後頭部の髪を軽く引っ張った。

「寝ぐせ」

近づく海東の胸元から彼の香りが浮かんで、ふわと包まれる。

「ああ……そか」

「眠そうだし、服もパジャマだもの。……ごめんね。寝てたなら余計、邪魔だったよね」

「気にしなくていい」

「そう？　俺もさっき入稿してきたところで一段落したからさ。飛馬、またなにも食べてないんじゃないかと思って、パンと飲みもの買って来たよ」

手を離した海東は、顎《あご》をしゃくって俺の手元を示す。ハテナと見下ろして、自分がコンビニ袋を受け取ったのを思い出した。慌ててなかを探ると、サンドウィッチと紅茶のペットボトルが入っている。

紅茶だけだして「ありがとう」とひとくち呑んだら、海東はまたやんわり笑った。

「飛馬、寝ぼけてるね」

「横になったばかりだったから……と思う」

「やっぱりタイミング悪かったなあ。ちょっと顔見たかっただけなんだけど」

顔……。言われて俺も海東の顔を見つめた。疲労と優しさの滲《にじ》む目元と、緩く微笑する唇。海東がここにいるんだと心で実感する。……はあ。まあ確かに、記憶から姿を手繰り寄せるよりは落ち着く、かな。

ところが俺が黙っていると、海東は視線を横に流していささか居心地悪そうに、

「それに……実は永峰さんから電話がきて、飛馬のようすが変だって、聞いてさ……」

と、歯切れ悪く打ち明けた。

永峰先輩、電話、俺のようす……。動きの鈍い頭で状況を想像して言葉の意味を理解した途端、腹の奥底からむかむか苛立《いらだ》ちが迫りあがってきた。

数日前、俺をからかった先輩のにやけた表情が蘇《よみがえ》る。

「あの野郎……おまえにくだらないことを吹き込んだんじゃなかろうな」

「ううん、そんなんじゃなくて……って、やっぱり怒ったか……」

「怒っちゃいない。陰で噂されるのがいやなだけだよ」

「大丈夫、大丈夫。変な話してないから」

「あの人が絡んでると信用ならない」

「いえいえ、本当に……」

顔見たかったなんて嘘じゃないか。他人に背中押されて来たんなら、海東の意志はどこにもない。

「おまえも俺を笑いに来たんだな。それとも酒か？　だったら先輩が置いてった缶ビールがいくつか冷蔵庫に残ってるぞ」

「飛馬、」

「好きなだけ呑んで騒いでゴミ増やして満足して帰ればいいだろ」

「や……」

俺がソファーにずずっと沈んで腕を組むと、海東は溜息を吐いて諭すように囁《ささや》く。

「永峰さんが遊びに行けるぐらい、飛馬の仕事も落ち着いたのかなと思ったんだよ。飛馬に会いたくて来たの。迷惑かけたくて来たんじゃないよ」

いい加減にしろ、と憤慨した。

「あの人とおまえは違うって言ってるだろ。つまらない遠慮しないで好きな時にこいよ。だいたいあの筋肉ばかは俺が忙しくてもあがりこんで来るんだから、判断基準にすんな」

「でも俺は深夜しか自由にならないからさ。結局、睡眠の邪魔してしまったし」

「邪魔だなんて思ってない」

「そう言いながら、苛立ってるじゃない」

つん、と眉間をつつかれる。自分がどんな形相で受けこたえしていたのか知ってくちをムと噤《つぐ》むと、海東は微苦笑した。

「せめて次は飛馬に電話して、ようすをうかがってから来るね。……ごめん」

海東の指先からじわじわ体温が浸透してくる。

ごめんごめんごめんって。電話されたところでどうせ拒絶しないってわからないんだろうか。恋人でもここまで慎重に接するものなのか……？　やるせなくて、途方に暮れる。

「……おまえ、柊さんの家へ行ったんだってな」

「あ、電話きた？」

俺の前髪をさらんと流して、海東の手が離れた。

「飛馬から預かったお祝いも渡すのが遅れちゃったんだよ、ごめんね」

「ンー……柊さんにも謝罪とお礼言われた。ついでに今週の土曜、家に行く約束もして」

「そっか。柊さん飛馬に会いたがってたから、よかったね」

「よかったってなんだよ。気分転換にはなるだろうけど」

「柊さんちにはフィギュアがたくさんあるし、飛馬も楽しいんじゃないかなって思って」

俺より嬉しそうな笑顔で言われて、「へえ」と気のない相槌《あいづち》が洩れる。

「新居は広くてきれいでさ、リビングなんか南側がガラス張りだから、日中は太陽の日差しが気持ちいいの。奥さんもかわいくてすごくいい子で、ふたりともほんわりした性格だから、飛馬は居心地よくて眠っちゃうんじゃないかな」

身振り手振りまでつけて大げさにわくわく話す横顔を見ていると、なぜか心が凪《な》いだ。

「……おまえ、柊さんとも永峰先輩とも、どんだけ仲よしなんだよ」

「ん？　仕事で組んでるからだってば。平気だよ。前に心配してくれてたような、酷《ひど》い目にはあってないから。一本企画が終了するとまた新しい仕事を紹介してくれたりして、世話になりっぱなしで申し訳ないぐらいだよ」

高校の頃から付き合いのある俺より、遅く知り合った他人の方がおまえと関係を維持していくのが上手なのか。

「……よかったな。俺はレギュラーが減った時も、おまえに身体売らせて連載もらって、面倒かけるばかりだったしな」

「身体売る？」

「編集長とキスしたろ」

「あー……。去年の話じゃんか……懐かしくて忘れてたよ」

肩を落として曖昧《あいまい》な苦笑いをする海東ごと、懐かしくて遠い存在になった気がした。

横にいるのに、なんで届かない。

「おまえと俺は時間の感覚が違うな。それともキスなんて、おまえにとってはたいして重たいものでもないか」

「……飛馬もしたじゃない、店員と」

じと、とした目で責められて、悔しい気分になる。膝を抱えてぼそぼそ言った。

「ああ、したよ。キスぐらいなんだ。永峰先輩ともしたしな。どうせだから柊さんともしてくるかな」

「矛盾してるよ」

「焦んないのかよ」

「べつに？　柊さんも飛馬も、そんなことしないってわかってるし」

「俺とあの人のなにを知ってるんだよ。絶対してきてやるからな」

「絶対って、」

「絶対だ」

海東は唇を曲げて呆《あき》れ顔で肩を竦める。

「それで飛馬が幸せなら、俺はなにも言わないよ」

余裕ぶったその態度が気に食わなかった。

そうだよ。柊さんとキスなんかしたくないよ。あの人も結婚してるし拒否するに決まってる。誰も喜ぶわけがない。だからって〝幸せならなにも言わない〟ってなんだ。ちょっとでも幸せだったらいいのかよ。俺はおまえの恋人なんだから、ちゃんと怒れよ。

「おまえはなにもわかってない、知ったかぶるなっ」

「飛馬？」

「俺たちはどういう関係なんだ、言えよ！」

「どうって……、」

苛立ちの歯止めがきかない。思わず海東の胸ぐらを引っ摑《つか》んできつく睨みあげ、指先が痺《しび》れ始めても離さずに返答を待った。

海東は落ち着きはらった態度で俺を見据えている。

「恋人だからって、俺は飛馬を束縛する気はないよ」

その言葉と視線からは、侮蔑《ぶべつ》すらうかがえた。

睨み続ける目の表面が乾いて痛い。仕事の疲れと眠気も襲ってきて一気に身体が重たくなり、歯痒《はがゆ》さも焦燥も弾《はじ》けて砕けて、脱力した。

「……おまえの考えていることは理解しきれない」

項垂《うなだ》れた俺の肩をぽんぽん叩いた海東が、笑顔を繕《つくろ》ってソファーを立つ。

「やっぱり来るべきじゃなかったね。不機嫌にさせてごめん。俺、帰るよ」

「……帰るのか」

「今度はちゃんとのんびりできる時に来る。これから暖かくなるし、またどこかへ行こう」

ジャケットを羽織って、玄関へ歩いて行ってしまう背中。俺もソファーからのそりと身体を剝《は》がして追いかけた。

歩きながら明るい声で「今ね、廃墟《はいきょ》とかダムにハマってるんだ」などと教わっても、虚無感が胸を冷やすだけだった。「道路がダムのなかに向かって沈んでたりして、感慨深いよ。飛馬も今度一緒に行こう」と誘われて〝いつ〟とも〝どこ〟とも訊かず、適当に「いいよ」とこたえて流す。

玄関のドアの前へ来て靴をはくと、海東は振り向いて俺に向かい合い、

「じゃあ、またね」

と屈託なく微笑んで小首を傾げた。この笑顔にしか、俺の知る海東の面影がなくて。

「起きたらサンドウィッチ食べなね。飛馬が好きなトマトサンド買っておいたよ」

「……ああ」

「すこしでもなにか食べて、身体に気をつけて」

「……ン」

会話しているのも虚《むな》しくなる。

もうさっさと帰れ。眠って全部忘れたい。そう思って海東のジャケットの襟《えり》を見据えていたら、ふいに左頬《ほお》を掌《てのひら》で包まれて一瞬の隙に唇を塞《ふさ》がれた。

胸にぎしりと刺激が走って抉《えぐ》った。柔らかい海東の唇の感触が、今夜交わした会話のなかのどんな言葉よりも熱くて饒舌《じょうぜつ》で、苦しい。

俺たちはばかだ。つまらない会話で傷つけ合うぐらいなら、くちも言葉も閉じてキスだけすればよかった。

けど海東の唇が俺に触れていたのはほんの一時で、下唇を軽くはんだだけで離れた。

「じゃあ、俺は帰……、」

がむしゃらにジャケットを摑んでドアに押しつける。

「もっとちゃんとしろ」

「あす、」

「ちゃんとだよ！」

目を見開いて二度瞬いた海東は、視線を俯《うつむ》かせて沈黙し、そのうちもう一度唇を重ねて貪《むさぼ》るようにくちづけてきた。俺も海東の舌の動きに合わせて精一杯こたえた。閉じた瞼の奥で海東の恋情を必死に探して、痛むほど吸われるたびに震える。

自分が海東の恋人として存在しているんだと、キスしてる時間にだけは感じられた。

土曜日、柊さんの家へ行くために、お茶菓子を買ってS駅へ向かった。

一時すこし前についいて、電話すると車で迎えに来てくれた。彼の愛車は一緒に働いていた頃に見ていたのとは違う、広々とした立派なミニバン。

「車かえたんですね。子どもできたんですか？」

「はは。鋭いね。子どもはまだだけど、買いかえようとした時に奥さんが〝絶対ふたり産むから、これにして〟って言い張ってさ。――玲二って車に詳しかったっけ？」

「前に海東と組んでる仕事でファミリーカーの特集記事をデザインした時、この車もあったんです。乗り心地がよくて広くていい車だってあいつが紹介してたんで、憶えてます」

「あら。早速海東君の名前がでてきたね」

「え？」

「うふふ」

にっこり笑う意味深な横顔が気になった。

昔ぼさぼさだった天然パーマは短く切り揃えられているし、アイロンのかかったぱりっとしたシャツや、輝くほど磨かれた靴からは、奥さんの存在を感じる。いかにも〝優しくていい旦那オーラ〟を醸しだしてるけど、俺はこの人の裏を知ってるぶん、どうにも胡散《うさん》臭《くさ》さがつきまとう。……海東とはただの同級生だと教えてるが、油断ならないな。

仕事の話題になれば、同業者なだけあって花が咲く。「最近どうなの」と訊ねられるまま互いの近況を報告して二、三会話を交わしているうち、車は閑静な住宅街へ入って一軒家のガレージへ停車した。

柊さんに続いておりる。真っ白い家の玄関先に、たくさんの植木がきれいに飾ってあって、上階を見あげると二階の窓辺でカーテンが優雅に揺れていた。三階建て、かな。

「随分と立派な家ですね」

声をかけたら、ポストを確認していた柊さんが肩を竦《すく》めた。

「こつこつお金貯めたんだよ」

「さすがです」

「でもこの辺はだいぶ田舎だし、住むにはちょっと不便な場所だから安い方なの。駅から近いけど、来る途中、坂道だらけだと思わなかった？」

「気づきませんでした」

「ははは。歩くのは大変なんだよ。自転車も電動じゃないとしんどいし。高台だから景色はいいけどね。……どうぞ」

扉を開けた彼に促されて「すみません、お邪魔します」と頭を下げて先に入ると、広い玄関で靴をぬいで家へあがった。

右手にある窓から日が差して、奥に続く階段を明るく照らしている。スリッパをはいて呼吸したら、新居らしい木材の匂《にお》いがした。

「二階にリビングがあるから、あがって」

指示されるまま階段をのぼって行く俺に、柊さんもついてくる。

二階についてすぐ正面に現れたドアを開けてもらうと、ガラス張りのだだっ広いリビングがあって、真っ先に陽光のきつさで目が眩《くら》んだ。

視界が鮮明になるにつれ、内装にも圧倒される。左手にでかい液晶テレビ、それをコの字型に囲むように白いソファー。右手に真新しいテーブルセットとカウンターキッチン。そして目の前にはガラス越しに、快晴の青空と百八十度見渡せる山と木々。

自然のなかに佇《たたず》んでいるふうな錯覚に陥っていたら、

「あ、お帰りなさ〜い」

今度は右側から突然ひょいと人が飛びだして来て、再び絶句。

な……なんかのギャルゲーの登場人物っぽい、ひらひらミニスカートのメイド服を着た女子だ。髪がさらさらのストレートロングで、中学生ばりに細くてちっこい。

これが奥さんか。

「わ〜……飛馬さん！　みんなの噂に聞いていたとおり、本当に美人なかたですね〜……顔も小さくて華奢《きゃしゃ》で、どこかの漫画の主人公みたいっ」

貴方が言うな。

「……初めまして、飛馬玲二です。今日はいきなりお邪魔して、すみません」

「いいえ、こちらこそ初めまして順子《じゅんこ》です。飛馬さんにお会いできるのを楽しみにしてたんです、ゆっくりしていってくださいね！　……あ、お料理すこしずつ運びますから、ソファーでまったりしててください」

俺は一礼して、お茶菓子を彼女に渡した。受け取った彼女は嬉しそうに「ありがとうございます！」と微笑んで、俺をソファーまで招いてくれた。

腰掛けると柊さんも向かいに座る。にっこにこして、俺の感想を待っているようすだ。心のなかで溜息をついて、しかたなしに期待にこたえてやる。

「……かわいらしい奥さんですね」

「ありがとう」

「なんか……ふわっとした感じの人で」

「うん」

「笑顔とかも……ふにゃっとしてて」

「うん」

「髪もきれいなロングで……柔らかそうで」

「うん」

「身長も低くて……細くて……小さくて……二十一には、とても見えません」

「うんうん」

まだにこにこしてやがる。……俺はこの人のこういうところがしこたま苦手だ。

「鬱陶《うっとう》しいですね貴方は……」

「なにがぁ？」

わかってんだよ。

「俺にあの服装について突っ込ませたいんでしょうがっ」

「えー、べつにぃ？　そんなこと考えてもいなかったけど、気になっちゃった？」

ったく腹立つなこのわざとらしい物言いと嬉しそうな笑顔がっ。

「似合ってますけど、めちゃくちゃ浮いてるんで、一応気にはなります」

「それだけ？　玲二ならもっとかわいいかわいいって興奮してくれると思ったのになあ。朝からふたりで衣装考えたのに、ざんねん」

「興奮してくれると思った、ってどういう意味です」

「同じ趣味を持つ者同士さ」

「俺は生身の人間にああいうのは求めません。……貴方、恥ずかしくないいんですか、自分の嫁にあんな格好させて」

「あれはあの子の趣味なんですよ～」

「……旦那が旦那なら嫁も嫁か」

吹きだす柊さんにげんなりしていたら、順子さんがお茶を持って来てテーブルの横にしゃがみ、「どうぞ」と俺の前に置いてくれた。旦那と違って彼女の笑顔には欲がなく、ぽやっとしてるのが救いだ。「どうも」と礼を言って飲み、改めて部屋を眺める。

黄金色の光と太陽の香りが部屋全体を包んで、ゆったりした空気に満ちていた。子どもがふたりできても、自由に走りまわれるぐらいのびのびした空間。

「海東が貴方の家は心地いいって言ってたけど、本当ですね。一軒家、羨ましいです」

「玲二もまた引っ越せば？」

「簡単に言わないでくださいよ……確かにあのマンションも更新日が迫ってるんで、迷ってますけどね。さすがに一軒家は無理です」

「貯金はあるんじゃない？　ひとりなんだし」

「広すぎます。貴方のように子どもができて家族が増えるでもないし」

ふむ、と柊さんもお茶を飲んで顎をさする。

「玲二は結婚しないの？」

「しませんよ」

「即答だねえ……。恋人は？」

「よくわかりません」

「ふぅん。出会いがないわけじゃないでしょう？　デザイン事務所にいた頃、経理の高田《たかだ》さんも玲二のこと好きだったよね」

「たかだ？　知りませんけど」

「気づいてなかった？」

「経理の人とは仕事上の接点も薄かったんで、さっぱりです」

「ふふ。……玲二らしいね」

俺たちが話している間、順子さんは邪魔しないよう、料理を静かに運んで行き来した。テーブルの上においしそうなサラダやパスタや、リゾットが並んでいく。

柊さんはサラダにドレッシングをかけつつ、

「海東君もなぜか結婚しないよね。ふたりの同級生には、結婚してる子なんかいっぱいいるんじゃないの？」

と、にっこり小首を傾げた。

「はあ……。父親になった奴もいますね」

「羨ましくない？」

「そこまで考えが追いつかないです。自分の面倒を見るので手いっぱいで」

「そっか〜……」

ドレッシングの蓋《ふた》をしめた彼は、スプーンとフォークを運んで来た順子さんに、何気なく話を振る。

「海東君も優しいしモテるのにもったいないよね、ジュン」

「海東さん？　うん、格好いいし、優しくて大好き。うちに来てもいつも手伝ってくれるし、お酌するタイミングもよくわかってるし、わたしが永峰さんにしつこく呑めって迫られて困ってると助けてくれて。海東さんみたいな人、女の子は放っておかないと思う」

「ね。玲二がこんな感じなら、次は海東君あたりが結婚するのかなあ？　この間は葉山《はやま》の方に住んでるどこかの社長と仲よくなってヨットに乗せてもらったらしいし、出張先の京都《きようと》では湯豆腐をごちそうになったんだっけ？　案外、顔広いよねえ、彼」

ヨット？　湯豆腐……？　なんの話だ。

順子さんも海東に頻繁に会っているようなくちぶりだし、俺だけがなにも知らず海東の話題についていけない。

「玲二、なにぽかんとしてるの？　もしかして海東君から仕事の話は聞いてないとか？」

指摘されていたたまれなくなった。

「……あんまり、海東に突っ込んで訊いたりしないので」

「ふう〜ん……？」

柊さんは順子さんから小皿を受け取って、俺の前に置く。

「そうだ。どうせなら玲二が海東君と一緒に住めば？　ひとりもの同士さ」

「は？」

「もし海東君にも結婚する気がないなら悪くないと思うな。今度、誘ってみなよ。僕の友だちでも、大学の頃に金の都合で同居し始めて、いまだに暮らし続けてる奴らがいるよ。一軒家でも借家もあるし、どちらか結婚する時は改めて相談すればさ」

突飛な提案に当惑したが、順子さんも「わあ！」と両手を合わせてうっとり喜んだ。

「友情って感じで、素敵ですね〜……！」

……会話が奇妙な展開になってきた。俺は右手を振って「いえいえ」と流し、おいしそうな料理の方に話題を変えた。

ささやかな食事会が始まると、柊さんたちの馴《な》れ初めを聞いて過ごした。ふたりは俺が柊さんの下で働いていた頃から付き合っていたそうだが、なにもかも初耳で新鮮だ。

順子さんは女の子らしく、頬を赤らめて幸せそうにノロケる。

「家庭教師をしてもらっていた時、わたしが好きになったんです。付き合い始めてから幸せだったけど、コスプレ趣味があるなんて打ち明けたら嫌われると思って、なかなか言えなくて。でも今では彼が一番の理解者です」

「……そこら辺は、順子さんより旦那の方が感謝してるんじゃないんですか」

「え？」

「毎日フィギュアで眺めてた理想どおりのロリっ子が、自分を好きだって告白してくれたうえ、毎晩ベッドの上でも願いどおりの格好をしてくれるんだから。——ねえ、柊さん」

軽蔑の視線を向けてやったのに、

「否定しないよ？」

と、にっこりされた。むかつく。

ただ〝これが夫婦なのか〟とは思った。肉体的な触れ合いを見せつけられてるわけじゃないのに、ふたりの心の奥深くが確固たる信頼で結ばれている。その余裕が見える。

だらだら付き合い続けてきたんじゃなくて、幸福や危機に直面するたび、濃密な感情の会話を怠らなかったからこそ醸しだせる空気なんだろう、と否応なしに理解させられた。

食事を終えたあとは、順子さんが俺の手土産をデザートがわりにだしてくれたので、柊さんとフィギュアの話をしつつ食べた。プレミアものの新作を見せてもらって、造形について語ったり、教わったり。

外で夕焼けが赤々と燃え始めた頃には、話題も減って三人ともまったりしていた。

柊さんと順子さんは夕飯の献立の相談をしていて、俺は柊さんの横でフィギュアを眺めているうちに眠くなり、ああ、海東の言ったとおりだったなあ……と思う。

空が桃色から橙《だいだい》へと、壮大なグラデーションを描きつつ闇に暮れていく。

横切るカラスが鳴いた。雲の影すら鮮明に見えた。

儚《はかな》く繊細な色彩が、海東と行った千葉の情景を彷彿《ほうふつ》とさせる。

海東は今日も仕事なのかな。どこかでカメラを構えて、撮影しているのかもしれない。ひとりで。……或《ある》いは、俺の知らない誰かと。

「柊さん」

横にいる柊さんのくちを凝視した。彼は順子さんとの話を中断して「ん？」と微笑む。

「柊さん、俺とキスしてください」

「……。え？」

「しないといけなかったの、思い出したので」

「いけない。なるほど。……目の前に僕の奥さんがいるの、見えてる？」

「ええ。いるんだからいいでしょ。意味もないですし」

「意味、ないんだ」

「俺にとってはあるけど、俺と貴方の間にはないです」

「ジュン、この子こんなこと言ってるんだけど？」

柊さんが順子さんに判断を仰いで、彼女は俺に戸惑ったような表情を向けた。

「飛馬さんは、うちの旦那のことが好きだったんですか？」

「嫌いです」

笑った柊さんが「奥さんの前できっぱりと……」とこぼし、順子さんも、ほっとしたようにほわんと笑んで、柊さんを見返す。

「一度だけならいいよ。好きじゃないなら、かまいません」

「いいんだ、ジュン？」

「うん、ちょっと興味がある」

「興味あるんだ……」

溜息をついた柊さんは、今一度俺を振り向いて溜息をついた。

「僕、同性は〝間違ってついちゃった〟ぐらいの少年しか興味ないんだけどな」

「そんな奴は三次元では滅多にいません」

「だからいやなんだってば……」

やれやれ、と後頭部を掻《か》いた柊さんから、俺は目をそらさなかった。真っ直ぐ見ていると、観念したように落ち着いた目になって身を寄せ、

「うちの好奇心旺盛で寛大な奥さんに感謝しなさいよ」

と、俺の唇に自分の唇を重ねた。

……海東。おまえも今、世界を深い橙に彩るこの哀《かな》しいほど広い夕空を、見てるかな。


仕事が落ち着くと暇を持てあました。こんな時に限って、うるさい永峰先輩もこない。しかたなくネットでフィギュアを漁《あさ》って、柊さんに教わったのと、ほかに気になったシリーズをまとめて注文し、毎日つくり続けた。つくっている間はつまらないことを考えずにすんでらくだった。

月半ばを過ぎた頃、夜十時に寝転がってフィギュアを組み立てていたら、海東から電話がきた。

『連載のラフがあがったから、今から行くね』

そして四十分程でやって来た。

部屋へあがって床にずらっと並んだフィギュアを見つけると、

「うわ。またすごくたくさんつくったね……」

と驚いて苦笑いする。

俺は予《あらかじ》めフィギュアをよけておいた道を辿《たど》って、海東を奥のソファーへ促した。

並んで座って、真横でジャケットを脱いで髪を掻きあげる海東を見ていると、懐かしさが沸いてくる。会うたびに髪が長くなったり、短くなったり。顔つきや体つきまで若干変わった気がする。

前に会ってから、十日経っていた。

「飛馬……？　俺の顔なにかついてる？」

「べつに」

「そう？　じゃ、原稿これね。とくに変更ないから、今までどおりでお願いします」

笑顔でＡ４判の茶封筒を渡されて、なかを確認した。ラフとロムが入っている。

「画像の解像度も問題ないと思うけど、なにかあったら連絡ください」

「わかった」

用件はこれで終わりだ。会話が途切れて、俺は再び海東を見つめた。海東は微笑して瞳だけで〝なに？〟というふうに問うてくる。問われても、自分がなにを訊きたいのかわからないから、沈黙しか返せなかった。

胸の真ん中に、孤独感に似た寂しさがぽつんと浮かぶ。

海東の前髪がはねておでこがでてるのが気になる。外から来たばかりで、すこし赤らんだ頬の柔らかさを想像してしまう。喉仏《のどぼとけ》のラインは、なぞったらどんな感触だったろう。洗濯したシャツの襟からでる、小さな糸くず引っ張りたい。腕のかたさを知りたい。掌の体温を握り締めたい。なのに、なんでかできない。

昔どうやって手をのばしていたのかも忘れた。

「飛馬？　あ、そうそう。この間、桜を見て来たんだけど、たくさん撮ったから見る？」

「桜……」

海東はジーパンの尻ポケットからデジカメをだして、電源を入れた。ボタンを操作して俺に寄り添い、「ほら」と差しだす。受け取ってボタンを押しつつ、画像を眺めた。

どこかの土手だろうか。川沿いに並んだ桜の木々と桃色の花びらが幾枚も写っていた。

「きれいでしょう？　桜は近づいてアップで撮るのが好きだから、そんなのばっかりになっちゃったけど」

「うん、きれい」

「この場所は多摩川《たまがわ》沿いにずーっと先まで桜の木があって、時期になるとバーベキューする花見客が、わんさか集まるんだよ」

「ふうん」

「人が多すぎて全然落ち着かないから、飛馬はいやがるかな。でも桜は素敵だった。雨みたいに風にのって、ふわあって舞って」

画像を切りかえると、海東は腕を俺の背後の背もたれにまわして擦り寄り、「これ、傍《そば》でバーベキューしてたから、人が写りこまないように注意して撮ったんだよ」などと教えてくれる。顔が近づいて、真横で海東の髪が揺れた。

黄色い太陽の光と、はらはら舞う桃色の花びら。まだ閉じたままの蕾。その木々を覆うように広がる、真っ青な空。

デジカメのなかの画像は、海東が見た景色なんだと思うと細かな色や光の角度さえ大事なものになった。海東の視線をとおして画になった一瞬は、ここにしかない。

ところが次に現れた画像のなかに撮影を邪魔するように写り込んだ誰かの手があって、

「ああー……ごめんね、これは失敗」

海東はすぐに俺の指の上に自分の指を置いてボタンを押し、また画像をかえたけど、俺の脳裏にはピースのかたちに人差し指と中指を立てた色白の細い指と、マニキュアの塗られた長い爪が、焼きついて消えなかった。

「誰かと一緒だったのか」

「うん。仕事ついでに寄ったから、この日にお邪魔した店の人とね」

「……そう」

「たこやきと焼きそば食べて、ふたりで花見したんだよ」

「仲がいいんだな」

「いや、初対面の人なの。完全に接待」

仕事関係での初対面にも拘《かか》わらず、人が撮影してる横から手を入れるようなはしゃいだ人間なんて、俺には理解できない。

海東は情けなさそうに笑って後頭部を掻く。今日は仕事上の付き合いについて突っ込んで訊いてみるつもりだったのに、くちが重くなってしまった。

暖かい春の昼下がり、ベンチに並んで桜を眺めながらたこやきと焼きそばか。順子さんが海東はいい人で女の子は放っておかない、と言ったのを思い出した。

俺は無言で残りの画像を流し見て海東にデジカメを返すと、テーブルの上に置いていた煙草を取って火をつけた。少々戸惑ったようすでデジカメをしまった海東は、後頭部の髪をなでつけて沈黙する。

　海東より俺のほうが度胸がなくて、傲慢《ごうまん》なんだと思った。俺は〝死ぬまで親友として傍にいて、海東の幸せを守りたい〟なんて言えない。おまえを幸せにするのは自分がいい。傷つける言葉しか言えそうになくて、そろそろ帰ってくれ、と態度で拒絶していたら、やがて海東は再び「……飛馬、」と呼んできた。

「あのさ、あと……俺、話したいことがあって」

　こっちに身体を向けた海東が、姿勢を正して真面目な声音で続ける。

「柊さんとキスしたんだってね。聞いたよ」

「へえ……。おまえらは相変わらず情報交換が好きだな」

「仕事の用件のついででしかない」

「どうでもいい」

「飛馬」と、叱《しか》りつけるような口調で制された。

「俺との口論のせいだってわかったけど、なんでそんなことしたんだよ」

「約束したから」

「約束じゃない。俺の言葉の意味、理解できなかった……？　柊さんにまで迷惑かけて」

　海東の目が怒ってる。哀しんでる。

「……おまえが心配するのは、あの人のことなんだな」

「俺のせいで迷惑かけたんだから心配もするよ。謝ったら笑って許してくれたけど、べつの人間だったらもっと厄介なことになってたかもしれないでしょ、自覚してる？」

「謝った？　どうやって？　まさか俺たちの関係までわざわざ暴露したのかよ」

大きな溜息をついた海東は、辟易《へきえき》、といった表情になった。

「柊さんは俺の気持ちなんて、とっくに知ってるよ」

「え……」

じゃあ全部知ったうえで、あの人は俺に、次に結婚するのは海東だなんて言ったのか。なにもかも、すべて知って。俺だけが事実を知らないまま、詮索《せんさく》されて、観察されて。

「……永峰先輩にも、バレてるのか」

「ううん。永峰さんは知らないと思う。柊さんにも隠してたけど、あの人は鋭いから、最初会った日に見抜かれてしまって」

なんだそれ。なんなんだ。

柊さんも永峰先輩も自分が会社で関わってきた人間だから、海東は部外者なんだと信じ込んでいたけど、今となっては俺の方が完全に他人だな。三人は密に連絡を取り合って仕事でも支え合い、プライベートな相談事まで交わしている。

俺は傍から眺めて笑われているだけ。笑われているだけだ。

……もう腹を立てるのも、ばかな自分にも疲れた。なにもかも億劫《おっくう》になってきて煙草を灰皿に潰《つぶ》してくちを噤むと、海東は俺の両腕を摑んで向かい合い、目をつりあげた。

「飛馬。自分のことを大事にしてよ。俺が悪いなら責めてくれてかまわないし、いくらでも犠牲になるから」

「……なんだ、大事って」

「こんな顔するような、ばかげた真似するなって言ってるんだよ」

こんなって、どんな顔だ。わからないよ、全然わからない。

俺を睨む、海東の気持ちがわからない。

「おまえは、嫉妬《しっと》とかしないんだな」

「嫉妬……？」

俺は海東のなんだろう。おまえの恋人になりたい。おまえとふたりでいたい。

誰より一番理解して、もっとも満たせるたったひとりの人間でありたい。

「おまえ、高校の頃に二週間付き合った後輩以外、何人付き合ったことがあんの」

「え。……なに、いきなり」

「言えよ」

海東の視線が俯いた。唇を一瞬引き結んで、くぐもった声で言う。

「……飛馬と知り合う前、高一の時に、ひとりだけ付き合った人がいたよ」

「そいつとはどういう付き合いしたの。キスしかしなかったの。セックスもしたの」

「……。した」

痛みを叫び声にかえた。

「どういうふうに？　どのタイミングで？　どう恋人になった!?」

「飛馬」

たったひとこと、咎《とが》めるように呼んで俺を見据える海東の顔が怖い。

なんで俺とはしないんだよ。俺にはなにが足りないんだよ。そう怒鳴りたかったのに、海東の怒りの前では唇が震えるだけで、声にならなかった。

友だちだった頃は簡単に笑い合えた。おまえが考えていること、もっとわかった。不満なこと、洗いざらいぶつけられた。誰にも言えないことも、おまえにだけ言えた。いちいち信じる必要もないほどに、当然のことのように、おまえの心がここにあった。なのに今はなにもわからない。笑えない。わかれない。

嫌われるのが怖くてなにも言えない。想われてるんだと確信できない。好きだと想うほどにどうして、おまえは遠のいていくんだろう。

「……もう話してたくない。デザインあがったら連絡するから帰れ。頭冷やすよ」

摑まれた腕が静かに戦慄《わなな》いていた。

力を緩めた海東は、声を押し殺して、

「……わかった」

とこたえて手を離し、左手で俺の右頰をつねるようにさわさわ撫でてから、ソファーを立った。

ジャケットを羽織って玄関へ向かい、フィギュアを避けて歩いて行くうしろ姿を見る。

壁の向こうに消えると、ドアが開いてバタンと閉まる音が虚しく響いた。


翌日は雨だった。

曇天から細い雨がしとしと降りそそいでいたけど、散歩に行くと決めていたので、傘をさして駅の方まで歩く。

適当に洋服屋と本屋を冷やかして食材を買い揃え、まわり道をして家路へついた。

途中、小さな公園を横切ると一際目立つ大木が一本立っていて、桜の木だとわかった。

地面には桜の花弁の残骸《ざんがい》が散らばっている。

海東が見せてくれたデジカメの画像とは似ても似つかない、哀れで物悲しい桜だった。人間に踏み潰されて千切れた花びらが泥で黒ずんで重なり、雨に浸されている。

傷ついて薄汚れた桃色の塊。

今年俺が見た、唯一の桜だ。

……なんでだろう。今すぐ海東に会いたくなった。一緒にいても哀しませて辛いだけなのに会いたい。会いたい。

ごめんな、と謝罪ばかりが胸に溢《あふ》れる。俺は海東が望むものをなんでもあげられると思っていたのに、自信を失ってしまった。

長い時間のなかで育んできた信頼が、柊さん夫婦のような絶対の絆《きずな》に変化しなかったのは、きっと俺が疎くて、傲慢で、強欲すぎたからだ。

昔に戻りたかった。高校時代の温かかった、あの毎日に。

もう別れるから帰って来いよ海東。友達ならまた上手にできると思うよ。頑張るから。

嫉妬しないよ。欲しいとも言わない。なにも知らなくていい。傍にいられればいい。

ぼわぼわと視界を揺らし始めた涙を振り払って、不甲斐《ふがい》なさと辛さを蹴散《けち》らすように、雨を踏み潰して帰った。

家についてデスクへ直行すると、とにかく仕事に打ち込んで、片時もパソコンから離れず睡眠すら椅子の上ですませて、集中し続けた。

時間が経つにつれ自分が矛盾の塊になるのがわかる。海東のことを想うと気持ちが掻き乱されるのに、ラフの隅に書かれた彼の癖のある丸文字のかわいらしさが、ざわついていた心を落ち着かせる。永峰先輩が来て、玄関先で「開けろー！」と騒いだ日も、俺はインターフォン越しに「帰れ」と告げて、どれだけ大声でせがまれようと放置した。

デザインは三日で完成した。

雨上がりの明るい午後、ソファーに腰掛けて煙草に火をつけ、時間をかけて大事に一本吸い切ったあと、海東に電話した。思いのほか爽《さわ》やかな声で応答した海東は『わかった。今日はちょうど家にいたから、すぐ行くよ』とこたえて通話を切った。

携帯電話をテーブルに置いてソファーへ横になり、まるまる。

日差しが眩しい。待つのは疲れるから、海東が来るまで寝よう。

そう考えて目を閉じた。


チャイムは二度鳴った。一度目は夢うつつで、しばらくして二度目が鳴った時、はっと飛び起きた。

慌てて玄関へ行くと、海東は、

「あ、大丈夫？　寝てたなら、また改めてこようか……？」

とほんわり笑んで首を傾げた。

「ばか……そんな必要ないよ」

「担当は俺だもの。締切よりはやく仕上げてくれたし、明日また来たっていいよ」

……離れたかと思えば優しくする。海東がなにをしたいのか、なにを考えているのか、本当にわからない。

「いいからあがれよ」

右手でこめかみをおさえて部屋へ戻った。逡巡《しゅんじゅん》していた海東も靴をぬいでついてくる。いつものように予《あらかじ》め印刷しておいたデザインのプリントを渡すと、受け取って確認した海東は「うん、十分です」とにっこり頷《うなず》いた。

「そうか。じゃあ、ちょっと待って」

「はい」

椅子に腰掛けてパソコンに向かい、データをロム保存にかける。床に座った海東は唇に柔和な笑顔を浮かべて、プリントを細部まで確認していた。

俺も操作を終えてマウスから手を離すと、海東の正面に移動して膝を抱えた。今だけは海東を傍に感じたかった。

「……なあ、海東」

「ん？」

話そうとするとなぜか、忘れかけていた過去の記憶まで蘇ってきて困惑した。

高校時代から社会人になって今日まで。移り変わる季節のなか、繰り返す朝と昼と夜の日々、晴れと雨の下、海東と積み重ねた想い出のすべてが脳裏を過ぎっていく。

そして今までの短い人生で海東の姿だけが色鮮やかに鮮明に、心に刻まれている事実をまた思い知った。

「……あのな、」

「ン、なに？」

海東が優しく俺を見守っている。俯いて膝に唇をつけ、深呼吸して意を決した。

「千葉へ行った日、楽しかった。海ほたる、よかった。塩辛、おいしかった。……海、碧《あお》くてきれいだった」

「うん……？」

「展望塔から見た景色、素敵だった。家から一歩でも外にでると、言葉では表せないような色がいっぱいあって、そういう大切なことを思い出させてくれるのは、海東だけだと思った。……キスをして、泣いたおまえの顔も、忘れない」

「……飛馬」

「だけどもう、おまえの恋人でいるの苦しい。やめたい」

喉が潰れるように痛んで、気を緩めたら泣くかもしれないと思った。

海東の顔を見る余裕もなくてじっとかたまっていたら、彼は落ち着いた声でこたえた。

「……うん。わかった」

それからなにか吹っ切れたように、明るく苦笑する。

「俺、飛馬がそう言うの待ってたよ」

「え……?」

「無理させてるって自覚してたから。展望塔で、飛馬は精一杯言葉を選んで、俺のために譲歩して関係を維持させようとしてくれたでしょう。その姿を見ただけで、俺は十分だったよ。我《わ》が儘《まま》言ったこと、ずっと自己嫌悪してた」

「自己嫌悪? 譲歩? 意味がわからない」

混乱する俺の横へ来た海東が、強引に肩を引き寄せる。顔を、見られたくないのか。

「あの時も言ったけど、飛馬が俺に向けてくれてるのは恋愛感情じゃなくて、友情だって重々承知してる。その気持ちを利用して飛馬の人生を狂わせるなんて、できないよ」

「利用……? なんだよ、それ」

海東の服を摑んで身じろぎした。顔見せろ、ともがくのに、海東がきっちり俺を抱き締めて束縛する。

「飛馬。きちんと伝えたことなかったかもしれないけど、俺にとって飛馬は唯一の支えなんだよ。俺、両親の顔もまともに憶えてなくて、働きだした途端ばあちゃんも死んでしまってさ、ひとりきりになった時に痛感した」

「なに？」

ぱた、と手の甲になにか落ちた。海東の涙だ。

「……友だちとか恋人とか、正直そんなのちっぽけなことだと思ってる。むしろ、恋人になってつまらない理由で別れて、この関係に亀裂が生じる方が怖くてしかたないんだよ。関係に名前なんていらない。俺の身勝手な欲求で、飛馬を縛りたいとも思わない。ずっと一緒にいてほしい。ずっと幸せでいてほしい。本当に、それだけでいいよ」

「じゃあどうして泣くんだよっ」

「俺がばかだからだよ」

「恋人じゃなくなるのが、哀しいからじゃないのか!?」

怒鳴りつけたら海東は黙した。

「俺に、おまえを傷つけてまで幸せになれって言うのかよ」

「……それが、俺の幸せだから」

「それこそ勝手じゃないかっ。なら、もうキスもさせないからな！」

ばか力で俺を抱き竦めておいて、海東は喉に声を引っかけながら苦しげに、

「……うん」

と呻《うめ》く。ちぐはぐな言葉と行動が、想いが、俺の心臓を貫《つらぬ》いた。

腹が立つやら呆れるやら、焦燥感に苛《さいな》まれて自分の感情すら取りこぼす。それでも、こんなになってまでなにを欲しているのかだけは、はっきりわかっていた。

「海東」

おまえがそんな気持ちだったなら、俺がこの数日で必死に結んだ覚悟は全部無意味だ。

海東の胸を押して身体を離させた。俺に涙を見せないよう、俯いて顔を隠した海東が左手で目元を拭《ぬぐ》う。その両頬をおさえて、唇に噛《か》みついた。

海東はすぐに顔をそむけて頭を振り、また涙をこぼす。

「もういいんだよ飛馬……もう、いいからっ」

「なにが!?　おまえは俺とちゃんと恋人になろうともしないで自己完結してっ。なにが俺のためなんだよ、言ってみろっ！」

「全部だよっ」

「ふざけんなばか！　ひとりで怖じ気づいて俺を放って、おまえがよくても俺はちっともよくないし、幸せでもなんでもないよっ。よく聞け、おまえに足りないのは自惚《うぬぼ》れだ！」

「自、惚れって……」

下瞼に涙をためた海東の目が、まるく見開く。

弱っちい奴だ。優しくてばかな奴だ。その全部がこんなにむかつくぐらい、好きだよ。

「決めた。おまえは三日以内に自分の家の荷物を俺の家に持ってこい。家具と家電でダブるのはひとつずつ照らし合わせて、どっちを処分するか考えていけばいい」

「……え、どういうこと」

「おまえの家より、俺の家の方が広いだろ。おまえに寝室をやるよ。あそこはベッドとフィギュアしかないから、フィギュアを処分すれば、おまえの机も置ける。クローゼットもあいてるからおまえの服を入れても十分だ」

「俺に、ここで暮らせって言いたいの……？」

ほうけた顔で、海東が当惑する。俺は縋《すが》りつくように海東の身体を抱き締めた。

「不満なのかっ」

「そ……そんなこと、ないけど」

「問題があるなら言えよ」

ちょっと沈黙があった。

「飛馬の家は、世話になってる編集部も印刷所も近いから……便利だよ」

「よし」

「よしって……」

言葉尻を濁《にご》す海東を睨む。脆弱すぎた自分を愚かしく思うのと同時に、これからは海東の想いをもっと信じようと決めた。こいつがどんなにふらふらしたって離さない。優しすぎて迷うたびに、何度だって思い知らせてやる。俺がいるってこと。

ふたりだってこと。

「海東。俺はおまえの家族になるよ」

「か……家族？」

「別れる心配もない。俺は無理もしてない。そうしたいから言ってるんだよ」

海東の唇が、ぱく、と震えた。

「飛馬、でも……飛馬はひとりじゃないと窮屈でしょう？　散々聞いて、いやっていうほどわかってるよ。身に染みてる」

「忘れろ」

「わ、忘れろって！　〝さっさと帰れ〟って何年も言われ続けてきたのに無理だよっ。絶対後悔するよ？　俺はそういう負担をかけたくないんだってば」

「うるさいなっ。その話は前にもした。謝ったし、負担じゃないって説明しただろ⁉　俺はおまえといたいんだよ。おまえの生活を知ってたい。知らないのがいやだ。離れてるのが苦しい。悔しい。哀しい！　毎日会いたい！　一緒にいたい！」

「あ、すま……」

「信じられないなら一緒に暮らして確かめればいいだろ！　窮屈に思ってるかどうか、おまえならすぐわかるんだから」

「そんな、」

頑《かたく》なに拒否しようとする海東のくちを塞いで、がむしゃらに吸った。下手くそでもめちゃくちゃでも、気持ちのまま想うように引き寄せた。海東の味がする。

「あす、」

まだ離れようとする唇をがぶと噛みしめて文句もろとも食べてやる。言わせるもんか、ばか。逃がすもんか、臆病ばか。

なんで言わないんだ。なんで言わなかった。

「おまえなんか、大嫌いだ」

なんで訊かなかった。どうして訊けなかった。

「……きらいだ」

好きで大事で、俺だって離れたくないんだってこと、いい加減わかれよ。時間かかってもいいから。待つから。

「飛馬……」

くちを離すと海東の肩に突っ伏して目を瞑った。心臓が激しく鼓動して息苦しいけど、心はすっと軽くなって安堵感《あんどかん》に満たされていた。

そのうち海東も俺の腰に触れて、遠慮がちに抱き返してくれた。こたえるように擦り寄って、隙間《すきま》を全部埋めてきっちりしがみつく。

「家族だよ、海東」

部屋に静寂が戻って来た。触れ合う箇所から感じる海東の体温が心地よくて、目を閉じて長い間そうしていたのち、海東は小声でこたえたのだった。

「……うん」

卒業式のあとのはなし

俺たちが高校の頃に流行っていたのは携帯電話じゃなくポケベルで、みんな短い文字数でカタカナのメッセージを送っては、他愛ない会話を楽しんでいた。

本来は仕事の連絡手段としてつくられたものだったのに、高校生が持ち始めた途端、カラフルでかわいいデザインが増えて、機能豊富な新機種がでれば速攻で買いかえて自慢する奴もいた。なにより女の子と交流を深める一番いい手段だったから、誰もがこぞって購入し始めて〝持っていない奴は時代遅れだ〟と、そんな感覚が当たり前になったのも一瞬だった。

うちのクラスで持っていなかったのは、恐らく俺と飛馬《あすま》ぐらいだっただろう。

飛馬は親からもらうすこしのお小づかいで慎《つつ》ましやかな生活をしていたし、もともとあいう流行にのっからない人間だ。

俺はばあちゃんとふたりの貧乏暮らしで贅沢《ぜいたく》できないっていうのもあったけど、正直に言うならば、飛馬が持っていない時点で必要性も興味も感じられなかった。

昼間、屋上で昼食をとっている時、なんとなしに、

『飛馬はベル、ほしいと思う？』

と訊いてみたけど、

『学校で毎日会ってるのに、家に帰ってまでなにを話す必要があるんだよ』

なんて、ひとことでぶった切られたっけ。

言動は潔くて格好いいくせに、その唇の端にはじゃがいもサラダサンドのマヨネーズがくっついていた。かわいくて思わず舌で舐《な》め取ったら、冷ややかな目で睨まれた。

在学中はそれでよかった。焦り始めたのは卒業間際。

それぞれすすむ道は別々で、俺が繋《つな》ぎとめようとしなければ疎遠になってしまうのに、束縛を嫌う飛馬を想うほどになにも言えなくなって、卒業式終了後、体育館の裏でキスをした。細い身体を抱き締めて、さよならを想いながらくちづけた十一分。

飛馬はやっぱり、俺を睨むだけで許してくれた。

ところが一週間後、俺がバイトから帰るのを、ばあちゃんとふたりでおはぎを食べて待っていてくれた飛馬は、携帯電話を取りだして言った。

『ひとり暮らしを始めた。これからは自宅じゃなくて、こっちにかけろ』

……飛馬を見送った足で、浮かれて携帯電話を買いに走った春が懐かしい。

『あっはははははは』

携帯電話の向こうで笑う大澤《おおさわ》の声が喧《やかま》しくて、俺は目を細めて電話を見下ろしたあと、再び耳にあてた。

「……笑いすぎだよ」

『だっておまえ、キスするより〝ベル持とう〟って誘う方がよっぽど普通なのに、なにしてるんだよ。天然な海東《かいとう》は、鈍感な飛馬に卒業後も一生懸命振りまわされていくんだな、おめでとう』

正論すぎて、ぐうの音もでない……。

「飛馬だって、それなりになにか考えてくれてるんだよ。たぶん」

『たぶんな』

「……たぶん」

大澤は呆れ声になる。

『〝友だちだ〟って言われたこともないのに、一途だなほんと……。キスしても無反応な相手を想ったところで、おまえが辛いだけだろう？　……って、高校時代散々言ったか』

「飛馬がわざわざ会いに来て、番号教えてくれたんだよ？　繋がってるのはいいってことじゃないか。それだけですっごく嬉しいよ」

『まったく……』

大澤のくちからこぼれる溜息のぶん、俺も自分が情けなくなった。こんな悪足掻《わるあが》きの雑談に、大澤まで卒業したあとも付き合わせてるんだと思うと、ありがたいやら、やっぱり自己嫌悪するやら。

　一年経っても成長してないな、と反省する。

　春になれば大澤は有名大学の学生だ。接する人間のレベルも一気にあがるに違いない。そんな大澤に見限られないよう、誠実でありたいのに。

『まあ、とりあえず海東の携帯番号はメモしたよ。これからはこっちに連絡するな。俺も近々買って番号教えるから、おまえも飛馬の恋愛相談がてら、たまに連絡してこいよ』

「ほかの用事でも連絡するよ。します」

　思わず敬語になったらまた、あはは、と笑われた。

『あまり浮かれさせるのもどうかと思うけど……傍から見てても飛馬のおまえに対する気の許し方は異常だし。おまえ次第だと思うよ』

「俺次第……」

『これからはしっかり捕まえておかないと、知らない間に専門学校で新しい友だちつくって、忘れられてしまうぞ』

「え」

『恋人だってできるかもな』

「う、ん……」

俯くと自分の左手が視界に入った。今日仕事でカメラ機材を運んだ時に、中指の爪が欠けたままだった、かさかさの手。

なぜか急に不安に潰されそうになって拳《こぶし》を握ったら、大澤が真面目に続けた。

『時間は止まらないんだよ。人間は常に〝今〟を生きてるんだから、どんなに過去にしがみつこうとしてもがいても、新しい刺激が古い記憶を押しやって、思い出に変えていく。おまえは飛馬を好きでいる限り、飛馬の〝今〟であり続けろよ』

「飛馬の〝今〟……」

『あいつ、おまえが消えて環境が変われば、また違う男にふらふら流されてキスしてそうだよな』

「いやだよっ」

無意識に叫んだエゴを、大澤は笑って『まああま』と宥《なだ》めてくれた。

『俺も一途で建気なおまえに、はやく幸せになってほしいと思ってるよ』

冗談まじりに励ましてもらって、余計に申し訳ない気持ちになる。

「本当にありがとう大澤。……大澤は、俺らのなかで一番に結婚しそうだよね。いい恋愛してそう」

『どうかな。〝いい恋愛〟にするかどうかも、自分次第だろ』

「……だね。肝に銘じておく。忙しくなるだろうけどさ、また遊ぼうね」

『おう』

携帯電話の向こうで苦笑してる大澤を感じた。ほっとして「じゃあおやすみ」と告げ、電話を切る。

机の上に携帯電話を置くと、八畳の広い自室をぼんやり見まわして息をついた。

築三十年近い木造のうちは、あちこちガタがきてて柱も傷み、畳もすり減っている。この二階の和室も広さのわりに机とテレビとカメラしかなくて、たまに心細くなった。

立ちあがって窓辺へ移動したら床がキシキシ鳴った。ガラス戸をスライドして窓台に腰を下ろし、微風のなかに春の香りを探す。

群青色の夜空を見あげて、大澤の〝新しい刺激〟という言葉を反芻《はんすう》した。

数日会えないだけでこんなにも苦しい。飛馬が頰を膨らませておはぎをもくもく食べていた横顔や、携帯電話をおもむろにだして、つまらなそうな無表情で〝これからはこっちにかけろ〟と言ってくれた姿を、繰り返し記憶の底から手繰り寄せた。考えていないと、新鮮さがどんどん褪《あ》せていく気がして、怖かった。

一分一秒、今が過去に変化する実感が這《は》いあがってくると、腕の表面に悪寒が走る。

むしゃくしゃ髪を掻きまわして、もう一度携帯電話を取って畳の上に転がった。ボタンを押して耳にあて、天井から垂れたでんきのひもを見遣る。眩しい光を手で遮った瞬間、コールが途切れて反応があった。

『なんだ』

大好きな、あの声だ。

「飛馬」

『ん？』

「飛馬、会いたいよ」

『は……？　今何時だと思ってるんだよ。子どもは寝る時間だぞ、寝ろ』

容赦なくぶっ千切られて、ツーツー信号音になった。

うぅっ、と身体を抱えて、ごろごろ身悶《みもだ》える。

「か……かわいい……っ」

声だけで心臓が痺《しび》れる。

寝ぼけて呂律《ろれつ》があやしかったの、聞き逃さなかったよ。授業中、机に突っ伏して服の袖《そで》で目を擦る無防備な仕草を想い出したら、今すぐ抱き締めたくなった。

あの教室で過ごしていた日々には二度と戻れないけど、飛馬とだけは離れたくない。

そう願うことが、飛馬の不幸じゃないといい。


二日後ばあちゃんにお金をもらって、入社式に着るスーツを買いにでかけた帰り、雨が降りだした。

薄暗い灰色の空から、ザッと降りだした雨。霧で遠くまで見えない白く濡《ぬ》れた世界は、雨音がほかの音を殺してしまうせいで酷く静かで、胸の奥にまで物悲しさを降らせた。

傘がなくて困ったものの、なんとなく焦って走る気分になれなくて、バスをおりてからとぼとぼ歩いて家へ帰った。

雨が弾けて道の境がぼんやり靄《もや》に覆われている。いつも見える路地の向こうの建物も、雨霧にけぶって霞《かす》んでいた。かなり強い雨だなあ、とのんきに考える。

服が重たくなるぐらい濡れた頃、ようやく家についた。

すると玄関先に、自分と同じぐらい濡れそぼった姿の飛馬が立っていた。

「飛馬……」

湿った黒髪から雫《しずく》が滴《したた》っている。刃物の切っ先みたいな鋭い瞳が、すっと俺の視線を捉《とら》えた瞬間、胸が抉られて息が詰まった。

「突っ立ってないで、はやく入れろ」

「えっ。は……はい」

「見とれてんなよ、ばか」

バレてるし……。

額《ひたい》に張りつく前髪を指先でよけつつ、苦笑して近づいた。鍵《かぎ》をだして、玄関扉の鍵穴に差し込む。雨が静かすぎて、なぜか〝どうして来たの〟と問うのも無粋な気にさせた。

扉をがらがらスライドして招くと、飛馬も無言でなかへ入る。

すぐさますっ飛んで来たばあちゃんが、俺と飛馬にタオルをくれた。

「ただいま、ばあちゃん。ありが……って、あれ？　タオルふたつって、飛馬が来てること知ってたの？」

黙って頷いて、居間へ戻ってしまう。

ハテナ、と首を傾げる俺に、飛馬が髪を拭《ふ》きながら教えてくれた。

「俺が外で待つって言ったんだよ」

「え、雨なのになん……、」

「ンなことより海東、ぱんつ濡れた」

ぱん……つ。横にいる飛馬の、濡れたシャツから覗く白い首。きれいな鎖骨。そこを滴る透明な雫……――目線が下がりかけたところで、目が合ってじろっと睨まれた。

「変な目で見んな」

「見ませんっ。先にお風呂入っていいよ、身体も冷えただろうし」

「同じぱんつはくのはいやだ。コンビニで買ってくる」

「そんなびしょ濡れのいやらしい格好でコンビニなんて行かせられないよっ。俺が行く」

うあ、視線がもっと冷たくなった……。

「あーそうかよ。ありがたいな、行ってこい変態」

で、背中をばんと叩《たた》いて追いだされて、俺がでかけている間に飛馬が風呂へ入った。帰宅した俺も交代であったまると、やっと部屋で落ち着いて、ふたりでいる幸せに浸る。

俺の長袖シャツを腕まくりして着てる飛馬がかわいい。ぱんつ一枚の色っぽい刺激的な姿に見惚《みと》れていたら、飛馬は細長い足を組んであぐらをかき、唐突に問うてきた。

「なにかあったのか」

「ん？　なにかって？」

「おまえがいきなり〝会いたい〟なんて電話してきたから、来てやったんだろ」

「へ……それ、何日か前の、夜のこと？」

「へ、じゃないよ」

ああ……俺、また大澤に〝飛馬の気紛《きまぐ》れにしっぽふってる〟とか、からかわれるかも。電話は素っ気なくぶっ千切られたのに、飛馬があれから俺を気にかけて会いに来て、雨のなか濡れて待っていてくれたなんて。心に羽根がはえて飛んでいきそうだよ。

「ありがとう、飛馬。平気だよ。もう幸せになった。本当に会いたかっただけだから」

「なんだそれ。高校卒業したってのに、おまえは学生気分が抜けてないな」

「そうだね……急に会えなくなって寂しいよ」

「じきに慣れるから我慢しろ」

「……ン」

それが哀しかったんだよ飛馬。自然と遠のいて、当然のように会わなくなって、当たり前のように今が過去になっていく現実が。

「海東」

「あ。……なに？」

「ぼうっとすんなよ」

「あはは。うん、ごめん」

「ひとりで悶々《もんもん》考え込んで……相変わらず肝っ玉が小さいな、おまえは」

やれやれ、と溜息を吐き捨てた飛馬が、四つん這いになってガラス戸の前のテレビのスイッチを入れ、その下のゲーム機を引っ張りだしてきてソフトを差し込んだ。

スタートボタンを押すと、コントローラーをひとつ俺に差しだす。

「来い。朝まで遊ぶぞ」

「え、朝まで？　今日、泊まっていくの？」

「迷惑なら帰る」

「何日でもいてほしい」

「それはない」

「ないって……せめて無理って言ってよ……」

笑った飛馬の右横に、俺も移動してコントローラーを受けとった。テレビ画面ではアクションゲームが始まって、飛馬は赤いお兄さん、俺は緑の弟を操作する。

これは土管から次々にでてくる敵の亀《かめ》を床の下から突きあげて気絶させ、蹴って倒すことをひたすら繰り返すだけの地味なゲームだ。

飛馬はこれが好きで、気絶させた亀をわざと俺の横で生きかえらせてゲームオーバーに追い込んだり、亀じゃなくて俺を床下から突きあげてぽこぽこ跳ねさせ、間抜けな姿に大笑いしたりする。

ふたりで力を合わせてステージクリアする気は、さらさらない。

「意地悪するなよ、兄さんー……」

悪兄さんは逃げ惑う弟をうしろから押して、亀にくっつけようとする。

飛馬は腹を抱えて大笑いだ。俺が隙をついて飛んで逃げたら、亀が向きを変えて飛馬の方へ突進しだした。

「あ、しまった、俺がやられる」

慌てて俺が亀を気絶させて飛馬を助けた瞬間、急に飛馬の笑い声がぴたっと止まった。

室内を包む空気が一変したのに気づいたけど、お互いゲームを続ける。

「海東」

「……はい」

「ばかな電話しないで、次は直接うちにこい。ひとりだし時間も気にしなくていいから」

……俺と一緒に、画面の弟の動きも止まった。

飛馬はテレビを真剣な眼差しで見つめている。

「頻繁には来るなよ。……どうせおまえは、これから社会人だから忙しいだろうけどな」

「いいの……?」

「いいよ」

「じゃあ行く」

「おまえ、妙なところ遠慮がちなんだよ。キスは堂々としてくるくせに」

「うっ」

その時、キキキキ、キキキキ、とテレビから聞こえてきて、また弟が兄さんに押されてずるずる滑っていた。慌ててリモコンを操作して、するりと逃げる。

真面目な顔して、油断も隙もない。

「もー……イタズラばかりしてると、本当にキスするよ」

「ははは。そこで〝キス以上のことするぞ〟って言わないのが海東らしいよ。キスなんか慣れて怖くもないのに」

「〝怖くない〟って言葉がでるのは〝怖いかも〟って思ってる証拠じゃん……飛馬がいやがることはできないよ」

「キスはいやがってないと思ってるのか」

「え」

あからさまに傷ついて、上ずった声をだしてしまった。

ばかだ。飛馬が抵抗せずにいてくれただけで、喜んでいるわけじゃないのは、ちゃんとわかってたじゃないか。

「はは……うん、ごめんね」

明るさを装って精一杯笑った。俺を睨む飛馬の視線がこめかみを刺す。

……駄目だな。なにしてんだろ、ほんとに。

「ったく、面倒くさい奴だなっ」

うんざりしたひとことが飛馬から洩れたのと同時に、兄さんが飛びあがって弟の頭を踏みしめ、身体がぶにぃとへこんだ。

「どうせまたするんだろ。落ち込むだけ時間の無駄なんだからよせよ」

「飛馬、」

「へこむぐらいなら最初からすんな。だから矛盾してるって言うんだよ」

「……じゃあ、またして、いいですか」

ふいに兄さんが両手を身体の横において、気をつけの姿勢のまま動かなくなってしまった。あれ、と不思議に思ってぐいぐい押してみたり、頭の上を飛びまわったりしても変化しない。

飛馬を振り向いたら、俺をじっと見あげていた。黒い瞳がテレビの光に輝いて、なにか訴えている。唇はへの字に曲がって不愉快そう。

……別段、キスをねだってくれているわけじゃないのは理解できた。けど、なぜかそうしなくちゃいけない気がして、左手を畳について飛馬に顔を寄せ、くちづけた。

飛馬はいつものようにくちを閉じて受け入れてくれる。下唇をはんでも突っぱねない。その唇の柔らかさと温度を感じると、身体の底から恋情が沸きあがってくる。

明日もここで笑っていてほしい。

明後日も傍にいてほしい。

……どうして俺は、傲慢なことばかり願ったりするんだろう。なにかを願いながらじゃなくちゃ、恋愛ってできないのかな。飛馬を哀しませたいわけじゃないのに。

「……かいとう」

「わっ」

突然飛馬の唇が動いて、びっくりしてくちを離したら飛馬がおかしそうに笑いだした。

「おまえ目が赤いぞ。泣くなよ」

「う」

「見ろ。おまえが泣いてるうちに、ゲームオーバーにしてやった」

「えっ。……い、いや、泣いてない」

必死に否定しつつ確認した画面のなかでは、ほんとに弟が倒されてた。酷い。

「海東は弱いな」

「そ、れは……ゲームの話ですよね」

「どっちも」

「どっちもって……」

確かに目元を拭ったら涙粒がすこし指についた。肩を落とすと、俺の腕を引き寄せて顔を覗き込んできた飛馬が、イタズラっぽく微笑む。

「そろそろ夕飯の時間だから、ばあちゃんの手伝いしないとな。泊まるって言わないと」

「うん」

「それで、コンビニ行って夜食買ってこよう。今日は鉄道ゲームで徹夜だ」

「ン、いいよ」

「よし」

俺が泣いたあと、飛馬はいつも呆れる。でも涙を拭って〝もう大丈夫〟というふうに笑うと、決まって嬉しそうに笑い返してくれる。

その甘い同情に触れるたび俺はまた〝飛馬がほしい〟なんて言えなくなる。

三人で夕飯を食べてから、俺と飛馬はコンビニへ行ってお菓子や飲みものを買った。

帰り道、雨が傘にあたるぽつぽつという音を聴きながら、

「春はいつもこんな雨が降って、桜を散らしてしまうね」

と飛馬に話しかけたら、「ああ」と短くこたえてくれた。

傘をさして足下を見下ろし、とぼとぼ歩く横顔が哀しげに見える。もしかすると、飛馬も不安なのかなと、ふと思った。ひとりを好む飛馬だって、あと数週間で始まる新しい出会いと生活に、微かな恐怖ぐらいあってもおかしくないかもしれない。

瞬く間に散る桜のような春の刹那《せつな》が、飛馬の心ではどんなふうに揺れてるんだろう。

「海東」

その時、突然どんっと飛馬に突き飛ばされた。

「うわあ」

身体を支えようとするも、持っていたコンビニ袋を守るのが精一杯で、傘を離して地面に尻《しり》もちをついてしまった。

水たまりに浸かって、ズボンと下着がびしょ濡れ。

コンビニ袋を抱えて目をぱちぱち瞬《また》く俺の横で、飛馬は腹を抱えて笑いだす。

「ぷははっ、ごめん、動揺して手加減できなかった」

「ど、動揺って……なにかあったの？」

「いや、地面見てみろよ。雨のせいでミミズがたくさん這いずってるだろ。俺はよけて歩いてんのに、おまえ全然気づかないでふにゃふにゃ歩いてるからさ」

「ふにゃふにゃって、そんなこ……、」

見まわした自分の周囲に、ほんとにミミズがうようよいて「ひっ」と飛びあがってしまった。慌てて立って傘を拾う。飛馬は心底おかしそうに笑いっぱなしだ。

哀しそうだった理由はミミズだったのかっ。

「鈍くさいなあ、海東は。またぱんつぐしょぐしょじゃん」

「もう一回、風呂に入るよ……」

「ぼうっとしてるからだぞ」

「そりゃ、できれば飛馬に格好いいところ見せたいけどさ」

「もとから格好よくないから無理だよ」

「うぅ……っ」

好きな人に格好よくないと言われる哀しさったらない。

ずしりと重たくなったジーパンとともに心まで沈んでがっくりしたら、飛馬は「フン」と俺のコンビニ袋を奪い取ってスタスタ歩きだした。

「はやく来い。ただしうしろ歩けよ。ミミズ踏んだ靴で横に来たら承知しないからな」

慌てて、飛馬の背中を追いかける。

……飛馬はかわいくて優しくて、ずるい人だね。

「格好よかったら、ミミズ靴でも横を歩いていいの？」

「どっちだろうとミミズ靴はいやだ」

「格好いいミミズ靴と、格好悪いミミズ靴だったら、格好いいミミズ靴の方がまし？」

「ミミズミミズって連呼するなよ、ばか」

「教えてよ。大澤みたいに格好いい奴なら、ミミズ靴でも一緒に歩く？　俺はだめ？」

「つまらないこと訊いてんな」

「知りたい」

振り返った飛馬がムと尖《とが》った唇を開く。

「おまえは視野が狭すぎるんだよっ。大澤よりおまえといる時間の方が長いだろ。今だってふたりでいる。ほかになにが必要なんだ！」

傘を叩く雨。落ちていく雫。俺が貸した、ブルーのシャツ。

……やっぱり、飛馬はずるい。


二度目の風呂からでると、飛馬はテレビの前に布団を敷いてあぐらをかき、カメラを両手で持って眺めていた。俺がこつこつお金を貯めて買った、憧《あこが》れの一眼レフだ。

「気になる？」

髪を拭きつつ飛馬の左横に腰掛けたら、「うん」と頷きが返る。

「学校帰り、おまえがショーケース越しによく眺めてたカメラだ」

「憶えててくれたんだ。——そう。これ、卒業と就職祝いに、自分に買ったんだよ」

駅前にあるカメラショップで、いつも飛馬に『欲しいんだ、いつか買うんだ』と語って聞いてもらってた。あの時の俺より今の飛馬の方が、興味津々な目をしてるのが嬉しい。

「こういう本格的なカメラって、すごく重たいんだな……驚いたよ」

「ン。ずっしりくるよね」

「ごちゃごちゃしてて、どれがシャッターかわかんない」

カメラを渡されて、俺は左手でレンズの下を支え、右手の人差し指でシャッターボタンをおさえてファインダーを覗いた。試しに正面のテレビを被写体にしてシャッターを切って見せると、シャコンと小気味よい音が響く。

「撮ったのか?」

「ううん。空押ししただけ。フィルムは入ってないよ」

相槌を打った飛馬が、カメラに目線を繋げたまま膝を抱えて俯せた。レンズを向けてピントを合わせたら、絹糸みたいな髪と白い首筋がシャープな輪郭を描いてきれいだった。

「海東は、カメラマンにはならないの」

「カメラは趣味でいいや。編集の仕事、好きだし」

「……ふうん」

「飛馬がいずれデザインの仕事を始めたら、一緒に働けるかもしれないしね」

「なに言ってんだ」

　肩を揺らして苦笑する、穏やかな表情。ファインダー越しに間近で眺める姿は、服のシワも肌の艶《つや》もくち元のほくろも、些細《ささい》な全部が触れられそうなほど鮮明で、心が軋《きし》んだ。

「……飛馬。俺、嬉しかったんだよ」

「なにが」

「卒業してもすぐに、職場で再会できるかなと思って」

　整ったかたちの飛馬の瞼がそうっと細まって、睫毛《まつげ》を震わせながら瞳を横に流す。

「……デザインだっていろいろな種類がある。なにを仕事にするかは、これから勉強してじっくり考える」

「うん。会えたらいいな。そうしたら俺、ほんとに飛馬に仕事をまわすよ」

「ばーか」

「ほかの仕事は受けられなくなるぐらい依頼する」

「勝手に夢を膨らますな」

「夢じゃない、本気だよ」

「俺をどうしたいんだよ」

「独占したい」

シャッターを切った。飛馬の唇は、見る間に曲がっていった。

「そんな窮屈なのゴメンだ」

不愉快そうに、飛馬がコンビニ袋からお菓子とジュースをだし始める。

俺と自分のジュースをそれぞれ右横に置いて、手前にチョコ、ポテチ、プレッツェルと、向きを揃えてきれいに並べた。お菓子の駆けっこでも始まりそうな整列っぷりだ。

カメラを置いて飛馬に寄り添う。

「チョコ、開けてもいい？」

「だめ。全部ちゃんと並べるから待て」

真剣な横顔を見つめていると、愛おしさと寂しさが胸の底でふつふつ騒ぎだした。

飛馬を独占できるのは、どんな人間なんだろう。

恋愛感情を教えるのは、どんな人なんだろうね。

お菓子をひとつずつ並べる細い指先に思いを馳《は》せていたら、全部終えた飛馬がチョコの箱を開けて、四つ並んだチョコレートの左端のひとつを取り、「はい」と俺にくれた。

一粒ずつアルファベットが刻印されてるチョコのなかで、俺がもらったのは『L』の粒だ。

「ありがとう」と食べた俺の顔を、飛馬はまじまじ覗き込んでくる。

「なに味だった？」

「？　パインだよ」

「そっか」

嬉しそうに呟《つぶや》いた飛馬も、隣の『O』の粒を取ってくちに入れた。

眉間にシワを寄せて数回もぐもぐ嚙み、

「俺はいちごだ！」

なんてにこにこ大喜びするものだから、苦笑してしまった。

「飛馬、チョコは箱の絵の順番に入ってるんだよ」

「え」

「だから、パインの次はいちご、アーモンド、バナナ」

「えっ」

「文字も味と統一されてるから、『L』はパイン『O』はいちご、『◎』がアーモンド『K』はバナナなんだよ」

「え！」

「知らなかったの？」

「知らなかった……すごいな、海東」

目をきらきらさせて感動している。

俺に教えてあげられるのは、せいぜいこの程度のことか……。

不甲斐なく思うのに、飛馬がまたひとつ食べて「ほんとにアーモンドだ」と屈託のない笑顔を広げてくれるから〝おまえは今のままでいいよ〟と許されたような気分になって、抱き潰したくなった。……きっと俺の方が、飛馬に助けられてばかりだね。

自戒を抱きつつもしばらく他愛ない会話を楽しんで、十時頃鉄道ゲームを始めた。

これはサイコロゲームで、鉄道会社の社長になって決められた駅まで電車をすすめて行く途中、物件を買い集めて最後に一番資産を持っている社長が勝つルールだ。最初にゲーム内の年数を設定して、何時間ぐらいプレイするか決められるので、終わることなく延々と続けることもできる。

飛馬は問答無用に〝百年〟と入力してスタートさせ、シャッフルで目的地を決定した。

「稚内《わっかない》って！　うわあ遠いなー……」

「あはは。まあ時間はあるから、のんびりいこうよ」

「ンン」

　お菓子をつまんで、ふたりでサイコロを転がして電車をすすめる。イベントにぶつかるたび、笑いながらからかい合ったりして遊び続けた。

　そのうち飛馬が並べてくれたお菓子はばらばらになり、ジュースもふたつめのペットボトルをあけた。座っているのが疲れて、布団に横になった俺のお腹の上に、飛馬も頭をのせて寝転がる。

「飛馬の目的地、遠いところばかりでるね」

「もう、やんなってきたよ……」

「徹夜するんでしょう?」

「するけど」

「違うゲームしようか?」

「ンー……」

　時計を見ると深夜一時。もうこんな時間かあ、と寝返りを打とうとして、背中や股《また》ががちがちに痺れてることに気づいた。

「あたたた。……飛馬、ちょっとごめん」

　飛馬の頭をやんわりおさえて、身体をずらす。飛馬は抵抗することなく布団にころんと横になり、その無気力さを不思議に思って覗き込んだら、目を閉じてた。

「飛馬……」

コントローラーを握って、寝ちゃってる。

前髪が額をするんと滑るだけで、胸の奥が熱くなった。恐る恐る右手をのばして髪を梳《す》いていると、体温の低い飛馬の肌から、ほのかな温もりが伝わってくる。

……生きているんだ、と。至極当然な事実が唐突に心を揺さぶった。

ここに産まれて、この時代を過ごして、俺は今、飛馬と同じ時間を生きてる。

孤独のどん底を知った時、どれほど優しい人間の言葉にも癒《いや》されなかった俺のなかの複雑なかたちの亀裂を、一ミリの隙間もなく埋めて潤してくれたのが飛馬だった。

俺にとって飛馬といるひとときは、いくつもの偶然を越えて辿り着いた必然だ。

「……飛馬、」

寝顔にさえ、好きだと言うのを躊躇って唇を噛む。

飛馬のくちからこぼれる、規則的に続く呼吸を聞いた。

そのうち頭を打ち振って起きあがり、ゲーム機の電源を切った。あけっ放しのお菓子も、ひとつずつゴムで結んで片づける。

傍で「ンン、」と、子どもがぐずるような声とともに、飛馬が両足を胸に引き寄せて小さく縮まると、寒いんだとわかって布団をかけたくなったけど、本人が掛け布団の上で寝てるから、移動させないといけない。

「飛馬」

無反応。

「……飛馬。すこし身体浮かしてごらん」

今度は泣きそうな顔で仰向《あおむ》けになり、あっちへ行けというふうに左手でぺんとぶたれてしまった。目をごしごし擦ったかと思うと、すぐ心地よさそうな表情に戻って夢のなかへ沈んでいく。飛馬の寝顔は何度も見てるのに、飽くことなく愛おしい。

横に右肘をついて、その唇に自分の唇を触れ合わせた。

「……忘れないでね」

唇を甘噛みして、飛馬の吐息を吸いながら囁く。

次に会えるのはいつだろう。一ヶ月に一度ぐらいは会えるかな。

離ればなれ別々の生活が始まっていくなかで、辛い時、傍にいられなかったらごめん。

愚痴をこぼしたい時、聞いてあげられなかったらごめん。

今すぐ話したいおもしろい話、会えないまま忘れさせてしまったら、ごめんね。

「飛馬……っ」

辛抱できずに背中を強く抱き締めて胸に顔を押しつけたら、頭をぶたれた。

「……うるさいな」

はっ、と見あげた真正面に、寝ぼけ眼の飛馬がいる。

「……人にしがみついて、なにしてんだ」

「起こして、ごめん……」

動揺を隠してへらへら笑う俺を、飛馬はしばし睨んでから、

「寒い。もっと、ちゃんと抱き締めろ」

と、胸にくっついてきた。

「えっ……ふ、とん、入れば暖かくなるから、」

変に慌てて飛馬の下から掛け布団を引きだし、一緒に布団に入ってきちんと寝かせてあげる。離れない飛馬の身体に手をまわすと、自然と腕枕《うでまくら》になった。

「……海東、ゲームは」

「ん？　大丈夫、片づけたよ」

「お菓子も」

「うん」

「そう。……ありがとう」

さらに擦り寄ってきて、俺の肩に顔をこすりつけた飛馬が続けた。

「……ゲーム、途中でやめたぐらいで泣くな。またやればいいだろ。……ばか」

厳しくて甘い、飛馬の声が途切れて消える。

後頭部を撫でて髪にくちづけ、視線を向けた先には、窓の桟にかけた真新しいスーツ。

寝るのはやめて、朝まで起きていよう。そう思って細い背中を引き寄せた。

腕のなかで寝息をたてる、自分とはべつの人間の、飛馬の存在感が、次第に俺の想いを強固な決意に変えていく。これから社会にでて働いて、俺も大人の仲間入りをするんだ。

成長しよう。もう必要以上に、飛馬を求めない。

止められない独占欲はあるけれど、自分を満たす以上に、飛馬を幸せにすることだけに心を削いで生きていこう。

部屋にぽつぽつ響き渡る細い雨の音と、微かな飛馬の寝息。

腕と指先に感じる彼の体温を心のなかでなぞり続け、時計を無視して夜明けを待った。

――飛馬がどれほど俺を必要としてくれていたのか知りもせず、変化する生活にただ怯《おび》えていた。これが俺の、遠く幼い春の夜の記憶だ。

ふたり暮らしのはなし

引っ越しは、飛馬《あすま》に言われたとおり三日ですませた。

必要な荷物は本と衣類とカメラとパソコン、それに両親とばあちゃんの位牌《いはい》ぐらいだったので、毎日すこしずつ車で運んで、業者の世話になることもなく終えられた。

飛馬の家には最新の電化製品が揃っていたから、自宅にあったレンジや洗濯機や冷蔵庫は後輩や友だちに譲って、ほかの〝必要かな？〟とすこしでも迷ったものも、どうせ後々ゴミになるだろうと判断してすべて処分。

飛馬もフィギュアを特別気に入っているもの以外全部捨てて、寝室をあけてくれた。

十畳の広い部屋の右奥にある窓の前にデスクを設置し、正面の棚には後日カメラと本をしまっていく予定。

ベッドは右手前。もとからあった飛馬のベッドをふたりで使うことにした。どうせお互い寝る時間が不規則で、揃って寝ることは滅多にないだろうし、ふたつのベッドを置くスペースはない。もし不便に感じればダブルベッドを買おうと決めて、ようす見だ。

細々した荷物整理と転居手続きのみを残して、なんとか落ち着いた四日目の夜、飛馬はソファーで俺がいれた紅茶を飲みながら、

「どうしたら恋人になれるか、わからなかった」

と打ち明けた。

「俺は付き合った経験ないし、おまえは〝恋人っぽい行動なんかない〟って言うし」

その表情が拗《す》ねてるようにも見えて、苦笑が洩れる。

「これからは好きなようにしていいよ。飛馬がしたいように、無理のないように」

「好きなように？」

うん、と微笑みかけた俺をぼうっと見返したのち、安堵の面持ちで頷いてくれた。

「……わかった」

飛馬がどれだけ自分のために悩んで、葛藤《かっとう》してくれていたのか気がつく。

展望塔でもらった〝恋人になってやる〟という言葉は、俺には残酷な同情でしかなかった。でもそこにつけ込んで、〝飛馬がほしい〟と吐露したことばかり悔やみ続けた結果、飛馬を追い詰めてしまった。

家族になる、とまで言わせたんだ。十分反省して、今後は飛馬の友情にもうすこし甘えてみようかなと、考えられるようになったのだった。


「あ、そのシャツ」

本を段ボールからだして並べていると、ベッドに腰掛けていた飛馬が呟いた。

さっき俺が見つけて、ハンガーにとおして本棚の隅にかけておいたブルーグレーのシャツを指さしている。

「俺の引っ越しを手伝ってもらった日に、海東《かいとう》が着てたシャツだ」

「ああ、そうだね」

「腕のところ、ラックに引っかけて穴ぼこがあいたのに、まだ持ってたんだな」

立ちあがった飛馬はシャツに近づいて手をかけた。俺が見様見真似で縫ってなおした箇所を探し当てると、無邪気に笑ってかりかり引っ搔く。

「海東が縫ったって一発でわかる。下手っぴだな。最後の玉どめ、飛びでてるじゃんか」

「そうなんだよ、全然上手くできなくて」

「あれから何年も経つのに。……この服、捨てられないほど気に入ってたの？」

まるい目で訊かれて、喉の奥で照れ笑いした。

秘密ってほどでもないし、飛馬になら打ち明けてもいいかな。

「これ、ばあちゃんがくれた就職祝いで買ったシャツなんだよ」

「え……ばあちゃんが？」

「胸ポケットのボタンがほかのボタンと種類違うでしょう？　これもばあちゃんが似たようなの探してきてつけてくれたの。……思い出すと、なんだか捨てられなくてさ」

就職なんて祝ってもらう事柄じゃないから、お金という生臭いものを受けとってしまったのがいたたまれなくて、ずっとつかえなかった。せめて、ものにかえて大事にする方がいいかと考えたすえ、購入したのが腕時計と、このシャツ。

思いのほか気に入ったシャツは、ボタンがはずれるとばあちゃんがなおしてくれて、その都度、普段の無くちさはどこへやら『いい色だね、いい買いものしたね』と、繰り返し幸せそうに褒めてくれた。

ばあちゃんの心ごと縫い込まれた大事な品で、それこそもう、お金にはかえられない。

「……知らなかった。ごめんな、俺が海東に引っ越し手伝わせたせいで」

「いやいや、力仕事するってわかってて着て行った俺が悪いし、ラックに引っかけたのも俺の不注意だよ。飛馬は悪くないでしょう」

しゅんとした飛馬を笑顔で宥めたら、シャツと俺の顔を交互に見遣って「……それもそうだな」と声色を変えた。

「海東がおかしい。なんでわざわざ大事な服を着て来たんだよ」

……こわい。視線だけそっぽに逃がして言い淀《よど》む。

「なんとなく、その……まあ、お洒落《しゃれ》というか」

「お洒落する必要ない。捨てる寸前の雑巾みたいな服で十分だろうが」

「や、まったくそのとおりなんですけど……」

「あ？」

喧嘩《けんか》っぱやい飛馬は、こっちが煮え切らない態度をとるとすぐイラッとする。

察してください、恥ずかしいんです……。

「あの頃は俺が忙しかったでしょ？　次また会えるのは何ヶ月後かなあとか思ったら、こう……飛馬の記憶に残る自分をすこしでも素敵に、とか……」

「くっだらないな」

小さい〝つ〟まで入れて吐き捨てられた。今は自分も同意見なのでどうしようもない。

「ヲトメ心でしょ〜……」

「俺は服装まで逐一記憶しないぞ。このシャツは穴ぼこがあったから憶えてただけで」

「なら、穴ぼこさまさまです」

飛馬がつんと唇を尖らせてぼそぼそ言う。

「少なくともおまえは、俺がキスを許せた程度には男前なんだから、わざわざ着飾る必要もないんじゃない」

「男前ね……だったら柊さんと二丁目のバーの店員も、許容範囲だったたってことだよ」

「おまえ、今更柊さんのこと……っ。ヲトメ心は脆くて傷つきやすいけど、男の嫉妬はねちねち面倒くさいな！」

「うまいこと言った」

嫉妬はともかく複雑ではあるよ、と小さく吹いたら、飛馬の表情も和らいだ。そのまま俺をじぃと凝視して喉元や胸のあたりを視線でたどり、今一度くるっとシャツに向かい合う。仕草がどことなく動物っぽくて、かわいい。

俺も作業を再開して、段ボールに入っている本を取っては種類と大きさごとに並べていった。文庫、新書、写真集、雑誌の貴重なバックナンバー。

そのうち飛馬も傍に来て段ボールの前にしゃがんでまるくなり、なかを観察する。

「海東、エロ本とかないね」

「俺、そういう欲にお金をつかわないからなあ……って、なに探してるの」

「勉強」

「なんの。もし持ってたとしても、飛馬にバレないようにこっそりしまうよ」

「ってことは、どこかにあるな？」

なんで楽しそうなんだか。

「好きなだけ探していいよ、ないから」

「そんな自信満々なら、探すだけ無駄じゃんか」

不満げに「ン～……」と唸《うな》って、箱のなかをきょろきょろ眺める。無遠慮に手を突っ込んで漁ろうとはせず、膝を抱えて上下左右から覗くようすが、やっぱり動物っぽい。

「海東は変なところ頭いいから、俺が手をつけないってわかってる場所に隠してんだな。あ！　パソコンのどっかに動画フォルダがあったりして？」

これには黙秘権を利用して本の整理に勤《いそ》しんでいると、「図星だ！　しっぽ掴んだ！」と大喜びで食いつかれた。

「あるんだな、エロフォルダ！」

「はしゃがなくていいから……」

「海東にも性欲とかあるのかって感心して」

「素っ裸の女の子並べる飛馬にはかなわないけど、それなりに」

「それフィギュアだろ！　誤解を招くような言い方すんな」

「はいはい」

「で、パソコンにはどんな動画があるんだよ」

……飛馬ってこういう卑猥《ひわい》な話題は嫌いじゃなかったかな、と疑問に感じつつ「えっちでも、動画でもないよ」と否定する。

「じゃ、画像？　美少年ものとか？」

「美少年……。少年、でいいのかな……」

「おやじもある？」

「いや、おやじってほど歳がいったのはない」

「ふうん……やっぱり女の子じゃないんだな」

このまま黙ってたら、俺は仕事の合間にエロ画像をにやにや観てる奴だって勘違いされ続けることになるんだろうな……九割がた間違ってないから否定のしようもないけど。

手にしていた文庫本を棚に立てて、さらっと打ち明けた。

「飛馬の写真だよ」

視界の隅の足下で、飛馬がぴくと肩をそびやかして反応したのがわかる。

「……なんで、俺の写真持ってんだよ」

「長年一緒にいればチャンスも、こう……ね」

「チャンス？　俺は撮られるの嫌いだし、おまえがカメラを向ければすぐわかるのに？」

「あったよ」

「いつ」

「文化祭とか、球技大会とか、」

はあ!?　と立ちあがってずかずか近づいて来た飛馬は、大声で怒鳴った。

「盗撮してたのか！」

「き、記念撮影です。この前も展望塔についた時、寝顔を撮らせてもらったじゃない？」

「あれはすぐ白状したから許すとしても、高校時代のはずっと秘密にしてたからべつだ」

もっともすぎる。……けど青春の貴重な記録だから見逃してほしい。

「飛馬に見られて困るものはないから、パソコンも触っていいよ。でも消さないでね」

「消す」

「ならフォルダにロックかける」

「おまえ……」

左腕をぐいぐい引っ張って、至近距離で追及される。

「俺の高校時代の制服とか体操着姿を見て、シたのか？」

「シ、ま、せ、ん」

「シてても、素直には言わないか」

ここは黙秘したくないな……。

「……俺、飛馬相手だとだめなんだよ」

「だめ？」

「神々しいっていうのかな？　大事すぎて理性が働いちゃって、萎《な》えるの」

ぐっと睨んでシャツの袖をぎりりと握り締められ、あれ？　と思う。逆にプライドを傷つけたかな。

俯いた飛馬の髪が流れて目元を隠してしまい、俺はその髪を梳いて親指で唇に触れ、やんわりなぞってフォローした。

「……片想いなのに、キスを我慢できなかった俺が言っても、説得力ないよね」

顔をあげた飛馬と唇が近づく。真っ直ぐ光る瞳が、まるでキスを求めてくれているようで、胸の底の熱情が弾けた。鼓動が激しくなる一方で苦しい。

唇を寄せて飛馬の右頬を軽く吸い、俺は本当に言葉とは裏腹に自制のきかない人間だ、と自己嫌悪したけど、溜息をつこうとしたくちを、飛馬は背伸びして塞いでくれた。

驚きが強烈な恋しさに呑み込まれていき、俺を一生懸命舌で撫でようとしてくれる飛馬の不器用な全部がやるせなくて、無意識に強引に、腰を引き寄せてこたえていた。

……くちを離すと、俺の胸に顔を伏せた飛馬が言う。

「段ボールに、ゲーム機入ってたな。……海東、ほんと物持ちいいよ。昔よく遊んだの憶えてる。また一緒にやりたい」

「ああ、悪兄さんだね」

「鉄道ゲームもだよ。……みんな新しいゲーム機を買い揃えて騒いでたのに、海東は社会人になっても古いのだった」

「小学生の時、ばあちゃんがクリスマスに買ってくれたからさ」

忘れられないプレゼントだ。贅沢を嫌うばあちゃんが、遊び盛りの俺を想って特別に買ってくれたからこその宝物。

母親と父親、ふたりの負担を一身に背負ってくれていたばあちゃんに、十二分に甘えてきた恩を返せるほど、俺はばあちゃんが恥じない大人に成長できたんだろうか。

「……海東のさ、焦って流行にのるんじゃなくて、たとえ時代遅れでも、人にもらったものだから大事って誇っていられるところ、好きだよ」

飛馬の髪に指を絡めて、思わずきつく抱き竦めた。

俺、好きになった人だけは間違えてないよ、ばあちゃん。

「飛馬。なら同居記念に新しいゲーム機買おうよ。スポーツとかヨガとかできるやつ。今度は飛馬との思い出の品にするよ」

「いいよ。ゲームには疎いけどそれは知ってるし、海東と一緒にするんなら、絶対に楽しい」

甘くて温かい飛馬の言葉が、心に沁み込んでいく。飛馬の家で、飛馬を抱き締めることを許されている、この現実に途方もない至福感を抱いた。

「俺も飛馬となら、どんなことも楽しいよ」

俺は毎月半ばまで取材に明け暮れるが、それ以降は原稿執筆に追われる。

引っ越した時期はちょうど下旬にさしかかっていたので、執筆中に自分の都合で時間調整できて、ほっとしていた。

役所の手続きもすませた頃には、住所変更のハガキもパソコンでつくって発送完了。

とくに世話になっている会社へは、改めて直接報告しに行くつもりだったけど、なかには仕事ついでにわざわざ電話をくれる人もいた。

『――で、余談なんだけど。海東君、引っ越したの？』

昼間、パソコンと睨めっこしてたところへ連絡をくれたのは、ちょうど一年ぐらいの付き合いになる女性の副編集長。

「すみません、大事な報告をハガキなんかですませて。落ち着いたら、ちゃんとご挨拶にうかがいます」

『ううん、いいのいいの。もしかして……結婚？』

「違いますよー」

『なあんだ、よかった。わたし海東君が結婚しちゃったら哀しいなあ』

「あはは。——あ、原稿の件、ほかに問題ありませんでした？」

『うん、そっちはもう平気よ～』

「じゃあ、来月になったらうかがいますね。失礼しますー」

仕事でプライベートを晒《さら》しすぎるとなにかと厄介だから、無難に流す。この歳でちょっとでも生活環境を変えると、やっぱり結婚を疑われるんだな、と思って、まいりはする。

……集中力が切れてしまった。

目も肩も腰も疲れたので、椅子を立ってそっと部屋をでた。正面のソファーにはバスタオルを被《かぶ》った飛馬がこちらに背を向けて座って、左側の窓の外を眺めている。

裸で。

「……飛馬。なんて格好してるの」

「風呂あがりだから」

「ちゃんと服を着なさいよ」

「バスタオル被ってる」

「それは〝着る〟って言わない」

「うるさいな。どーせおまえは俺に欲情しないんだからいーだろ」

横目でものすごく睨まれてる。……この間の会話、かなり根に持ってるな。

「ぱんつははいてるでしょうね」

「今からはく」

「い、まからってことは、」

「なんだよ、下半身見れば欲情すんのかよ」

飛馬の身体は学生時代のプールの時間とか、泊まりに来てくれた時とか、なにかと機会に恵まれて見慣れてますけれども、そりゃ一応は困ります。

「ヲトメ心を刺激しないでください」

振り向いた飛馬が、ソファーの背もたれに頬杖《ほおづえ》をついて毒づく。

「海東はあれだね。悟りひらいちゃってるね」

「さとり？」

「人間臭いものを全っ然、感じないもんな。神様だ。じゃなかったら仙人」

「んー……まあ、そんなふうに煽《あお》られても、襲う気にはならないかな」

だいたい、どっちが仙人なんだって話だよ。恋愛も性欲も俺以上に遠ざけてきて、驚くほど清らかな身体をしてるのは貴方でしょうよ。

俺が欲を解放したら、どう変貌するかわかってる？

男相手に生々しい触り方されることを、どこまでリアルに想像できてるの？

「言うに事欠いて……っ」

ム、と顎にまるいシワが浮くぐらい仏頂面になった飛馬は、俺にバスタオルを投げつけて怒鳴った。

「不能！　役勃《た》たず！」

「わっ」

顔にかかったバスタオルを剝いでみると、太陽の日差しに晒された飛馬の細い身体が、真っ白く透けて目が眩んだ。

イタズラっ子めっ、と近づいて頭からタオルを被してやり、尖ったくちを軽く吸って離しても、飛馬の主張は変わらない。

「……ばかのひとつ憶えみたいに、ちゅっちゅちゅちゅっちゅ、キスばっかりしやがって」

「いいの」

家族でいい。セックスに飽きた夫婦みたいでもいいよ。飛馬ができる、幸せだと想うことだけしてたい。こんな偉そうな考え方してる時点で、昔よりだいぶ自惚れてるでしょ。

「ところで飛馬、そろそろ午後になるけど、ご飯食べる？」

「うん、腹減った」

「じゃあ、焼きうどんつくるね。できあがるまでに服着てなさいよ」

そう。ある程度予想はしてたけど、飛馬と暮らすようになって一番驚いたのは食生活だった。

飛馬は、ぞっとするほど食事をしない。パンやおにぎり一食だけで過ごす日も多かったらしく「そんなんじゃ倒れるでしょ！」と叱りつけたら、しれっと頷いて「栄養失調でたまに病院で点滴してたよ」なんて言うじゃないか。あまつさえ「料理は一切できないよ？おいしいものは好きだけど、自分の料理に興味がないからな」と、ぽかんとする。

怒るのも諦《あきら》めて自ら食事係を買ってでて以来、毎日きちんと三食、食べさせてた。

もっと注意して飛馬の生活を監視していればよかったよ。どんなに忙しくても、腹がすけばさすがになにか食べるだろうと、甘く考えてた以前の自分を殴ってやりたい。

キッチンに立って溜息まじりに焼きうどんをつくり、二十分ほどでできあがってソファーへ戻った。

飛馬は長袖シャツとぱんつを身につけた姿で待っていて、うどんの上でふよふよのたうつ鰹《かつお》ぶしに「ふわあ」と喜ぶ。

「おいしそう〜……海東は料理ができて偉いな」

「飛馬が怠惰すぎるの。俺はばあちゃんにも教わってたけど、ひとり暮らししてれば自然と身につくものだよ」

「ばあちゃんの存在は偉大だ」

「っとに……せめて料理だけでも毎日強引につくりに来るんだったな」

「来てくれればよかったのに」

「あのね」

仕事で会うたび〝はやく帰ってひとりにしてくれ〟と煙たがってたくせに、どのくちでそんなセリフ言ってるのやら。

やれやれ、と箸《はし》を渡して「どうぞ召しあがれ」と促したら、飛馬は「いただきます」と両手を合わせて食べ始めた。お行儀よく、姿勢を正して脚を揃えて。

「……おい海東。なに人の脚見てんだよ」

「えっ」

「欲情したのか……？」

上目づかいで、かわいくまじまじ覗き込まないで。

「しないよ、欲情なんて」

飛馬の唇がほんのすこし曲がった瞬間、ピリピリと携帯電話の着信音が鳴り響いた。

俺のじゃない。飛馬の携帯電話の音だ。

「悪い」と、飛馬が焼きうどんの皿と箸をテーブルの上に置いて立ちあがった。デスクの方へ早足で歩いて行って、パソコンの横に置いてある携帯電話を手に取り、でる。

「どうも。――……いえ、こちらこそ夜中に電話してすみません。折り返させて申し訳ないです。まあ、ちょっと、その……相談、のようなことが、ありまして、」

歯切れ悪い口調でこっちに戻って来た飛馬は、携帯電話を耳から離して手でおさえ、

「おまえの部屋、借りるね」

とドアを開けて入って行った。

……俺の部屋、なんだ。

身体の真ん中あたりで、喜びと愛しさがこんこん湧いてくすぐったく震える。

視線をさげて自分の手のなかの焼きうどんを見ていたら、至福感が深くまでじんわり広がってきた。飛馬を待ってよう、と思って箸をおく。

仕事の電話なら五分程度で終わるだろうと考えていたけど、戻って来たのは十五分ぐらい経過した頃だった。

「ごめん。――あれ？　なんで食べてないんだ？」

「うん、なんとなく」

「なんとなく？」

笑った飛馬が横に座って、右手に持っていた煙草を吸う。電話中にくち寂しくなって火をつけたのかなと見つめつつ「飛馬、」と、そっと呼んだ。

「相談って言ってたけど、なにか仕事で困ってるの？　俺にもできることある？」

飛馬は「は？」と目を瞬く。

「今の電話は仕事の件じゃないよ。相手、柊《ひいらぎ》さんだし」

「柊さん？」

うん、とにんまりしてこっちに身体を向け、膝を抱えて続けた。

「海東の話してたんだよ」

「俺の？　……同居を始めたこと？」

「それ以外も。だからおまえは嫉妬でもしてな」

嫉妬って、この状況で、そんなのんきな気分になれないよ。

「俺、飛馬に人に相談させるような迷惑をかけてるってこと？」

「迷惑ってほどじゃないかな」

「心配になる」

「ひみつ」

満足げな表情で煙草の煙をふぃ～と吹く横顔が恨めしい。

複雑な気分になってきて、この感情の全部を嫉妬で片づけろとあしらう飛馬に募る不満が、歪《ゆが》んだ八つ当たりになった。

「煙草吸うの、やめた方がいいと思うな」

ところがそのひとことは思いがけず飛馬の心に引っかかったらしく、ぴたりと手が止まって、ゆっくり唇に笑みが浮かんでいく。

「そうだな……いいよ、やめる。かわりに、くち寂しくなる責任はおまえがとれよ」

「責任？　禁煙用のガムみたいなやつを買うとか……？」

「違う」

「飴《あめ》を箱買いとかかな」

「子ども扱いすんな。大人らしく、おまえの唇吸わせろよ」

え……、とほうけた俺の首に飛馬が手をまわして引き寄せ、くちを合わせてきた。食べものと間違えてるみたいに唇を甘噛みしたり、吸い寄せたりする。

焦りながらも精一杯平静を保ってこたえていると、そのうちピンポーンと玄関のチャイムが鳴った。

飛馬は離れようとしない。

「あす、ま……誰かき、」

言葉も遮られて、仕草で〝放っておけ〟と訴えてくる。気が変になりそうだ。

「おーい！　玲二《れいじ》ー！」

……ん？

「また閉めだしかよ～!!」

聞き覚えのある声と、玄関のドアを叩くどんどんどか、という音。

俺たちは唇を離して顔を見合わせた。飛馬の目が据わる。

「あの野郎……」

「永峰《ながみね》さんだね」

「追い返してくる」

身を翻して玄関へ向かう飛馬を、慌てて追いかけた。

ドアを開けた飛馬は、開口一番、容赦なく突き放す。

「帰ってください」

永峰さんは慣れてしまったようすで、微塵も動じなかった。

「今日も威勢がいいな、玲二～。――おっ、海東君もいるじゃん。ちょうどいいや、呑もう呑もう。人数は多い方が酒もうまいもんな！　ほら、差し入れ～」

――で、玄関先で数分押し問答した結果、結局永峰さんに強引に言いくるめられて、三十分後には三人で呑んでいた。

「海東君が引っ越してたなら連絡してこいよ、水くさいな〜！」

「貴方に連絡する必要がありません。速やかに帰ってください、仕事も忙しいですから」

「おまえ、この間も俺を追い返しておいて……海東君だけは特別ってかっ」

「当然でしょ、寝言も大概にしてくださいよ」

「く、クソ……」

ソファーに座っている永峰さんはビールを呑み、床で膝を抱えている飛馬は永峰さんを睨んで焼きうどんを食べ、俺はその右横でへらへら笑ってチューハイをあける。

……しかし本当に頻繁に飛馬の家に来るんだなあ、永峰さん。昼間から酒を呑むのは苦手だし仕事も途中だから、一缶だけちまちま呑んでごまかそうと、こっそり考える。

すると飛馬の手が俺のチューハイにのびて、ひとくち呑んだ。

「俺はおまえと半分ずつ呑む」

無表情の横顔が〝呑ませてごめん、俺の先輩のせいで〟と言ってる気がする。

永峰さんは始終にやにや。

「玲二、焼きうどんなんてつくれたのか？」

「海東がつくってくれたんですよ」

「だよな～？　うまそうだ、食わせろよ」

「これは俺のです！」

「いいだろ、ひとくちぐらい～」

皿を抱え込むようにして食べる飛馬を見て、永峰さんの笑みにいやらしさが増した。

俺も去年の豚まん事件を思い出して、照れくさくなる。

「玲二が他人と同居ねえ……」と永峰さんがしみじみしても、飛馬は「なんですか」と、あくまで突《つ》っ慳貪《けんどん》な態度だ。

「先輩。いい機会だから言っておきますけど、ここは俺だけの家じゃなくなったんで、もうこないでくださいね」

「逆だろ、今まで以上にちょくちょくかようよ！」

「あんたね、いい加減、人の迷惑ってもんを自覚し、」

「なあ、ふたりとも苛々しないの？　他人と同居すると生活リズムが合うまで大変なんじゃない？　俺の友だちも彼女と同棲《どうせい》し始めた頃、しんどそうだったぜ～？」

楽しげに詰め寄られて、飛馬が俺をちらっと一瞥《いちべつ》してから俯く。

「俺はなにも苛々してませんよ。……家事の分担で、海東に負担をかけてますけど」

うえっ、と変な声をだしてしまった。

「飛馬は俺が家事に不満持ってると思うの？」

「料理三食つくらせてるし、気をつかわせてると思う」

「これまでもひとりでしてきたことだよ」

「でも今はふたりだろ」

そんなこと考えてたんだ……。しょぼ、と飛馬がちょっと落ち込んだのもわかって、こういう微妙な変化に気づけるのは長い付き合いの賜《たまもの》だと思うのに、もっとも大切な感情の深淵には手が届いてないことを、唐突に思い知らされる。

「俺が取材にでかける時期は飛馬に掃除洗濯まで頼むだろうし、お互いに助け合えれば嬉しいよ」

「……うん」

「飛馬に三食食べてもらうのも負担じゃなくて、俺自身のためでもあるんだから」

あ。うっかりノロケたことを言ってしまった。

永峰さんがとうとう、うひゃひゃ、と笑いだして飛馬の肩をつんつんつつく。

「おらおら玲二～、やっぱおまえがキスしてたのは海東君なんだろ？」

その手をぱんっと払った飛馬は、ぐいっとチューハイを呑んで居丈高に返した。

「ええ、海東ですよ。それがなにか？」

「おわっ」と声をあげた永峰さんと同じぐらい、俺も内心で狼狽《ろうばい》する。

「玲二め、急にあっさり認めやがって！　なんだよこの俺のプチ失恋気分っ」

「失恋？　地球がひっくり返っても俺が先輩を好きになることはない！　ですよ」

「おまえがフリーになってからも、かいがいしくかよって面倒見てやったのに酷ぇなっ」

「迷惑かけられた記憶しかありませんね」

「酒持って来て、話し相手になってやったじゃないか〜っ」

「それで俺が喜んでるって勘違いしてる無神経さが、鬱陶しいんですよ」

「あああ心が痛い……」

　このふたりのやりとりって痴話喧嘩っぽいから、仲裁に入るタイミングを見失う。

　結局のところ仲がいいんだよなあ、と永峰さんに対して嫉妬する自分も、なんだかな。

飛馬は永峰さんに気を許していること自体、いまだ無自覚みたいだけど。

「でも嫁にもらうなら玲二より海東君みたいな人だよな〜。玲二は家庭的じゃねえもん。全然だめ。仕事ばっかかして相手してくんねえし、酒も付き合い悪いし」

「先輩にだめだしされるのほど、不愉快なことはないですね」

「海東君がうちの事務所にでいりしてた頃、俺も紹介してもらえばよかったなー。はやく知り合ってれば、今頃同居してたのは俺だったかもよ？　な、海東君？」

な、って言われても……。苦笑を返答にかえて受け流していたら、飛馬は油断ならないような顔つきで俺たちを交互に見遣り、怒鳴った。

「先輩にも柊さんにも、海東はやらない！」

途端に、ぶはははっと大笑いしだす永峰さんに、飛馬が面食らう。

俺は隅っこで真っ赤に紅潮して、チューハイを呑みつつ思った。

……ずっと貴方のものだったでしょうよ。高校で出会ってから一分一秒、毎日ずっと。


昔からひとりが好きな飛馬だ。家に四六時中他人がいるのも初めてとなれば、すぐに不快感を抱き始めるに違いないと踏んでいたから、俺は家のなかで慎重に行動し、食事に誘うタイミングも風呂に入る時間も、飛馬のようすを十分にうかがって行動にうつした。

ただし飛馬のデスクは玄関の真横にあるので、外出する時だけは否応なしにバレる。

「？　海東、どこか行くの」

「あ、うん。ちょっと、夕飯の買いものへ行ってくるよ」

「俺も行く」

意外だったのは、飛馬が率先して俺と行動してくれたこと。

今の今までパソコン画面を睨んで仕事していたのに、すくっと立ちあがって携帯電話をジーパンの尻ポケットへしまい、準備し始める。

集中力が途切れたせいかと案じて、

「飛馬、忙しいでしょう？　買いものは俺ひとりでも平気だよ」

と遠慮してみても、平然とした面持ちで首を振る。

「ううん。ちょうど俺も買いたいものあったし」

「そう？　でも食材の安い店まで車で遠出するつもりなんだよ。時間平気……？」

「ドライブじゃんかっ、楽しみだなー」

顔いっぱいに期待がきらめいて、却《かえ》ってこっちがまごつく。

だったら予定変更して、雑貨屋やジェラート屋のあるショッピングモールへ連れて行ってあげようかな、と内緒で行き先変更する日も多々あった。

深夜、気分転換にコンビニへでかけたくなった時も、「俺も行きたい」と捕まって、ほぼ毎日ふたりで散歩していた。

心地いい夜風のなかに、初夏の香りがまじる。

夜道を歩いて、外灯が地面をぼんわり照らすのを眺めていると、今までひとりでいたこんな空間に飛馬がいる現実を、奇跡のように実感して胸が熱くなった。

ところが飛馬には飛馬なりに思うところがあったらしく、

「……海東。俺のこと、鬱陶しかったら言えよ」

「鬱陶しい？」

「おまえがでかけるたび、くっついてくだろ。ひとりになりたい時もあるかと思って」

路地の先を真っ直ぐ見据える瞳に儚げな空気が漂って、俺は絶句した。

それ誰に向けて言ってる言葉？　と思う。驚嘆も超えて、だんだんおかしな気持ちになってくる。

「飛馬は、俺が飛馬を鬱陶しがる姿を思い描けるんだー……」

「他人事みたいに言うなよ」

「だって俺の方が学生時代から飛馬につきまとってるのにさ」

微風の音を邪魔しないように小さく苦笑しながら歩いていると、飛馬の視線を感じた。

揺れも逃げもしない瞳に射貫かれて、想いが深みへ落ちていくのを心で理解する。

「飛馬の方が、俺の足音すら嫌うだろうと思ってたよ」

「なんで？」

「なんでって……」

当然のように首を傾げる飛馬は、昔と全然違った。鬱陶しがられるんじゃないか、嫌われるんじゃないか、って細かく逐一危惧《きぐ》するのは、まるで恋みたいだね。

飛馬の前髪が流れて額が露《あら》わになり、気持ちよさそうに目を閉じた輪郭を、外灯の白い光がなぞっていく。

「……安心しろ海東。でていけなんて、絶対に言わないよ」

まるで恋みたい、というこの関係こそ、一番安定した付き合いができるんじゃないか。

〝友だち〟とか〝恋人〟で縛らない、俺と飛馬ふたりだけの名前もない温かな距離が、なにより至福に近いんじゃないか。そう思う。

「海東がきてから休み癖がついた。締切前も、全然切羽詰まった気持ちになれないよ」

「わー……それ完全に悪影響だね」

「どうだろ？　今までが焦りすぎだった気もする」

「ああ、それは俺もあるな。家賃もらくになったし……仕事、すこし減らそうかなあ」

主婦になって飛馬のご飯をつくるよ、とおどけたら、飛馬は「ありがたいな」とすんなり受け入れて笑ってくれた。

……展望塔でしたように、そっぽを向いたまま飛馬の指を探って、繋いでみる。

「飛馬」

「ん」

「高校を卒業したあと、飛馬が俺のうちに泊まってくれたことあったよね」

俺にとって特別な夜だった。就職前の不安定な時期、俺の『会いたい』って電話にこたえて、飛馬がわざわざ来てくれた日。

「今みたいに並んで路地を歩いてたら、〝ミミズがいる〟って飛馬に突き飛ばされてさ」

「ははっ、憶えてる。おまえ尻もちついて、びしょ濡れになってんの。ぱんつも」

それで俺は『大澤《おおさわ》みたいに格好よければいいの』と拗ねて、飛馬は『大澤よりおまえといる時間の方が長いのにほかになにが必要なんだ』と怒った。

「あの夜も鉄道ゲームしたね。確か、飛馬の目的地は遠い場所ばっかりでて」

「散々だったなー……途中で疲れて寝た」

「そうそう」

『独占したい』って言ったら『そんな窮屈なのはゴメンだ』って不機嫌にさせたよね。

なのに飛馬は俺にしがみついて『またやればいいだろ、泣くな』って優しさをくれた。

いつだって愛しさに埋もれて視野まで狭めがちな俺を、『また』って言葉で繋ぎとめてくれるのは飛馬で、求められるほどに嬉しくて、俺は欲を捨てることで飛馬の幸せだけを守ろうとした。

「……海東さ、あの日、朝まで寝なかっただろ」

飛馬がひとりごとのように問う。〝起きてただろ〟じゃない。〝寝なかっただろ〟と。

ああ……俺、怖いのかもな、とぼんやり空を仰いだ。

こんなふうに手しか繋げないのは。

さらっと自然に〝柊さんになにを相談したの〟と訊けないのは。

この両手で、くちで、飛馬を恋人みたいに抱き締めたい、と望めないのは。

今の計り知れない幸福が毀れてしまうのを、恐れているからなのかもしれないな。

「海東、」

「うん……？」

コンビニが見えてきたところで、飛馬が繋いでいた俺の手を引いて立ち止まった。

「煙草」

そして瞬きする隙もないほんの一瞬に、唇で俺の息を止めた。

外灯の光のない場所だったから飛馬の表情をうかがうこともできなくて、抱き寄せていいのかどうか判断できず呆然と立ち尽くした。こんなふうに飛馬の顔色を気にして、行動の意味を理解しかねて、容易く硬直する俺を責めるように、飛馬は手を痛いぐらい握り締めたり、舌を甘噛みしたりする。

自惚れろ、とまた叱ってくれている気がした。

「飛馬……訊きたいことがあるんだけど、」

「どした」

細くて小さな指の感触を記憶に刻みつつ、本心を吐きだそうと意を決する。

「柊さんに……なに、相談したのか、やっぱり教えてほしい」

飛馬の迷惑になりたくないから、とつけ足した。嫉妬心を隠すフォローのように。

「海東……」

目を見開いて驚いた飛馬の顔が、闇夜にぼやけている。

自分の首筋にじわりと冷や汗を感じていたら、その顔がふわっと綻《ほころ》んで、途方もなく嬉しそうに、幸せそうに「ふふふっ」と笑った。

ばんばん腕を叩いて褒められる。

「この調子だよ、海東！」

えっ、どういうこと……？

なにやら満足してくれたらしい飛馬は、俺の頭を「いいこ、いいこ」と撫でて、上機嫌にコンビニへ行ってしまったのだった。

がちゃ、と部屋のドアが開いて、寝ぼけ眼の飛馬が入ってくる。

「海東、煙草」

「え……あす、」

——先日の会話以来、飛馬は本当に煙草をやめた。

やめて、くち寂しくなるたび、俺にキスをせがむようになった。

一応ラムネ菓子を買ってあげたけど、「ラムネも痛いし、金がかかる」と顔をしかめてすぐに飽き、食後や入浴後、寝起きにまで「煙草がほしくなった」と、俺のくちを吸う。

数日で「煙草」というひとことが、キスの合い言葉になった。数え切れないほどキスをした。たった一日で、初めてした日から同居するまでの回数など、簡単に越えるぐらい。

「あす、ま……痛い、」

しかもこれが、今までのぎこちなかったキスとは比べものにならないほどの獰猛《どうもう》さ。不器用さプラス乱暴さって感じで、舌を捕らえてぐいぐい吸ってくるからひりひり痺れる。

でも、

「煙草はこれぐらい吸う」

……満面の笑みでこう言われたら、抗議する気も失せた。

月末月初は忙しいながらも幸せで、いよいよ締切が間近に押し迫り多忙を極める頃にも気分が浮ついていた。

深夜二時、原稿が一本片づいて、う～んと伸びをした途端、眠気と頭痛がどっと襲ってきたので、次の原稿へかかる前に喉を潤して仮眠をとろうと決め、椅子を立つ。

身体の節々がダルいのなんの。はふぅ、と欠伸まじりに肩を揉みつつ、部屋をでて……絶句した。床の真ん中で、飛馬が仰向けに転がってフィギュアに囲まれてるじゃないか！

すぐさま「飛馬っ、具合悪いの!?」と駆け寄って横にしゃがんだら、飛馬ははっとして手に持っていたフィギュアを置く。

「眠気ざましだよ」

「へっ。こんなとこに転がって？」

「横になってる方がらくだから。……ごめん、気になったか？」

話し方ももったりして、呂律もあやしい。胸元のはだけたパジャマ姿で無気力に転がって、ぼんやりと、でも鋭く澄んだままの瞳で俺を見あげてくる。

ひとりの時はこんなふうにしてたんだな……。苦笑いして、飛馬の額を撫でてあげた。

「フローリングに直に寝たら頭痛くない？　クッション持ってきてあげるよ」

「ああ……」

おかげでこっちの眠気が飛んだ。部屋からまるいクッションを持って飛馬のところへ戻り、頭の下に敷いてあげる。

「ありがとう」

「いいえ」

今一度飛馬の額に手をおいて前髪をよけ、やんわり撫で続けた。心地よさそうに目を瞑る飛馬は「……眠くなるよ」と笑う。

「寝てもいいよ、一時間ぐらいで起こしてあげるから」

「寝たら間に合わない」

「思い切ってすこしでも寝た方が、効率よくすすむよ」

「だめだってば」

艶っぽく微笑して寝返りを打ち、俺の手から逃れようとする飛馬に見惚れた。髪の隙間から覗く耳に触りたくなって、小さな耳たぶを指先で揉みしだくと、「くすぐったい」と肩を竦める。

「飛馬、俺も横になってみていい？」

「……いちいち訊くなよ」

熱っぽい囁きに惹《ひ》き寄せられるように、飛馬の左横に並んで仰向けになった。天井が遠い。あんな模様だったっけ。あー……確かに、こうしてるとちょっとらくかも。

ふたりでくちを噤んで、遅くなることもはやまることも、止まることもなくすすみ続ける時間のなかで静寂を共有していると、この部屋だけが世界のような錯覚を覚えて、自分たち以外誰もいない、たったふたりぼっちになった気さえした。

……まだお互い幼かった日の、制服姿の飛馬を想い出す。

「飛馬と同居して独り占めしてるなんて、信じられないなー……」

「なんの話だよ」

「高校の頃、飛馬は自分がモテてたの知らないでしょ？　すこししかいない女子のほとんどが、飛馬に片想いしてたんだよ。男子でも、話しかけたいけどできないって奴、結構いたなあ。喧嘩でしかちょっかいだせない奴も」

「うざったいな。……おまえの方が人気ものだったろ。柊さんたちも〝海東君は人に好かれるし、女の子はみんな放っておかない〟って、うきうき話してた」

「えー……それは仕事のせいでしょう？　心のなかでは、人付き合いは疲れるな〜って、げんなりしてばかりだよ。俺、全然社交的じゃないんだから」

こっちに身体を向けた飛馬が、じっと俺を凝視して小声で問うた。

「……あの、花見の人も？」

「花見……？　あ、デジカメに写ってたピースの人？」

「そう」

「論外でしょ！」

吹きだしてしまった。

「彼女は人見知りしない明るい人だったけど、撮影の邪魔されて最悪だったなあ。デジカメはデータだからいいものの、フィルムだったら笑えない。ポラロイドだとしたら、〝一枚いくらすると思ってるんだ！〟って怒鳴るのを耐えなきゃいけなくて大変だったよ」

「……ふうん」

「飛馬の手が被写体なら、ポラのフィルム使い切ってもいいけどね」

俺も飛馬の方に寝返りを打って、微笑みかけた。きれいな長い睫毛が揺れて、瞬きする。

「……それでその、手だけの写真もパソコンに保存して眺めるのか」

「うん。爪のかたちひとつとったって、飛馬のならいつまでもうっとり見るよ」

「変態だ」

「爪切りで切ったばかりの短い爪も、小さなささくれも、全部愛しいよ」

冗談めかして笑ったら、飛馬は上半身を起こして床に両肘をつき、右側から俺の顔を覗き込んできた。視線で俺の前髪をたどり、右手で頬を覆って、さわさわ撫でてくる。

どうしたの、と無言で見返していると、

「俺はおまえのどこがいいって、細かく言えないなー……」

　と、ゆったり物憂げにこぼす。

「なんだろうな……海東のどことか、わからない。どうでもいい」

「どうでも？」

　にわかに感じた不安を和らげたくて、自分の頬にある飛馬の手に触れた。表情にも微妙な怯えが表れていたのか、飛馬は、ごめん、と小さく苦笑して続けた。

「言葉にしようとすると難しいな。……俺は、おまえが人を陥れても真っ先に理由を訊くし、誰かを殺しても信じ抜けるよ。変態でも犯罪者でも、もう捨てられなくてさ……海東響っていう存在自体が絶対で、ぽかぽかした太陽みたいで……、」

「太陽……」

　そんな大それたものじゃないよ、と否定する余地もないぐらい穏やかな表情と、温かな指先だった。俺の頬から顎に下がり、前髪に届く掌。俺も右手をのばして飛馬の頬を包んだら、幸福そうに顔を綻ばせて肩に挟《はさ》んでじゃれてくれて、一緒になって笑った。

「たばこ」

　そのひとことを最後に、会話は塞がれた。

あと数行で仕事が片づくところまできて、キーボードをぱちぱち打っていると、横に置いていた携帯電話が鳴った。

画面には柊さんの名前が。

『あ、海東君？　真夜中にごめんね。寝てた？』

「いえ、仕事してます。大丈夫ですよ、なにかありましたか？」

柊さんはおかしそうに笑っている。

『玲二と同居始めたんだよね？　この間、永峰がすごい勢いで電話してきてさあ』

「ああ、酒持って遊びに来てくれたんですよ。俺のこと見つけて〝なんでいるんだ！　同居？　だったら引越祝いだ、呑まないとだろ！〟って」

『ははは。とんだ邪魔が入ったもんだよね』

「いえいえ……」

前髪を掻きあげて愛想笑いしながら、ああ、だめだなー……と思った。自分の感情が、ちょっとぴりぴりしてる。

柊さんには仕事で世話になってるし、どれだけ順《じゅん》ちゃんを想ってるか、ロリコンか、重々承知してるのに、初対面の日と同じ嫉妬心が蘇ってきた。気を抜いたら〝最近うちのうになるぐらい、同居してるうちに傲慢になったってことなんだろう。

首をこきこきまわして時計を見たら、深夜三時前。

「順ちゃんは、もうお休みですか？」

『うん、寝てるよ。……海東君のところも、玲二は仕事？　傍にいるのかな』

「お互い部屋で仕事してます。飛馬はさっきお茶した時だいぶ眠そうだったけど、あとすこしで終わるって言ってたから、まだ頑張ってるんじゃないかな」

『ふたりでお茶か〜……よかったね海東君。長年の片想いがやっと報われたわけだ』

「いや、報われたかどうかは……」

『同居しようって誘ったのは、玲二なんでしょ？』

……よくご存知で。

「まあ、誘ってもらったのは驚いたし、嬉しかったんですけど」

『あの子が同居を許すっていうのは、大きな変化だと思うけどなあ』

あの子。……あのこ。あの子。

「家族ともうまくいってなくて、ずっとひとりで突っ張ってれば、箍《たが》がはずれる場所も必要ですよ。俺は飛馬のそういう場所であれたらいいなって、思ってて……――だいたい、目の前で美少女フィギュアを愛でられてちゃ、いろいろと……躊躇います」

『あははは っ。悪い、それはフィギュアを教えた僕のせいだ』

しまった、当てつけがましい物言いになった、と自戒したものの、柊さんは嫌味のない無邪気なようすで『あー、おかしいっ』と咽せて笑ってくれる。

どんどん情けなくなってきて反省し、〝ちゃんと訊いてみようかな〟と考える。

天秤《てんびん》にかけてみても、飛馬本人から訊きだせない情けなさを恥じるのと、応援してくれている柊さんに対してばかな嫉妬心を投げつける愚かさなら、前者を選ぶべきだ。

「すみません……柊さん、あの、」

『海東君さ、最近は声優さんの取材してないの？』

「え」

『ないの？　してるよね～……？　僕が今好きな子の生写真とサインでいいよ。ふふ』

……。フフ。そうですか……。

俺がなにを訊きたがるか、すでにお見とおしってわけかっ。相変わらずだな、ったく！

羞恥心《しゅうちしん》まみれの拗ねた口調で「人気声優さんは無償でも取材に行きたがる奴多いんで、会えるかわかりませんよっ」と釘を刺して「で、飛馬のことなんですけど、」と続けた。

悔しいのに、柊さんが「うん、うん」と相槌を打って、いつもの人懐っこそうな苦笑を浮かべているのがわかると、責めきれない。

この電話自体、もしや心配してわざわざかけてくれたんじゃ、と勘ぐると。ほんとに。

「俺、引っ越してきてから、飛馬になにか迷惑かけてるのかなって……、」

『たいしたことじゃないよ』

断言に近いかたい声音で、また言葉を遮られた。

『玲二に訊かれたんだよ。〝ひどいキスってどんなのですか〟って』

「ひ、どいキス……？　なんですかそれ」

『おや？　本人は忘れてるのかー。玲二は海東君に聞いたって言ってたよ？』

「俺に？」

『ずっと前に海東君がとても辛かった時、玲二のこと〝会いたくなかった〟って拒絶したんでしょ？　その理由が、傍に玲二がいたらひどいキスをして傷つけたからだ、って』

……あっ。ばあちゃんが亡くなった時の話か!!

「それで、柊さんはなんて言ったんですか？」

『ディープキスじゃないの？　って普通にこたえたよ。玲二は〝してやりたいんだ〟って意気込んでたけど、その後どう？』

「ど……どうって、」

自分の発言の恥ずかしさより、飛馬の必死さを知って唖然《あぜん》とした。

『動揺するってことは、してもらったみたいだね～……？』

煙草、ってそういう意味だったのかな。俺が昔絶望の淵《ふち》で欲しがったキスを憶えてて、柊さんに訊いてまで勉強して、実践して、今の俺にこたえようとしてくれてた……？

……飛馬。

辛い時、どん底で一番に縋ってほしいって望んでるのは、もう俺だけじゃないのか。

「すみません。俺、柊さんにも迷惑かけてましたね」

『ううん、楽しませてもらったよ』

「楽し……――じゃあそれでいいですよもう……ありがとうございます」

『ははは。また今度うちに遊びにおいでね。玲二とふたりで』

はい、と頷いて、柊さんが『おやすみ』と電話を切ってすぐ、部屋をでた。

右端のデスクでパソコンに向かっていた飛馬が振り向く。近づくにつれ、うっすら開いた唇が、かいとう、と俺の名前をこぼしそうに見えた。

掻き抱いてしまいたい激情をおさえて、うしろから両腕をまわして、極力優しく、やんわりと抱き締める。

一瞬息を詰めた飛馬は、俯いてぽそぽそ問うた。

「……どしたんだよ」

「ぎゅ〜ってしたくなった」

「なんだそれ」

唇の横にある飛馬の耳が冷たくて、甘噛みして頬ずりする。くすぐったかったのか、ひくんと肩を竦めてくれたのがまたかわいくて嬉しくて、本当に「ぎゅ〜っ」と、抱き竦めて笑った。

「子どもみたいなことすんな」と飛馬も笑う。「したい」とこたえて、ごろごろ甘えた。

飛馬に対して久々に、真っ直ぐな欲が働いていた。

……抱き締めたい。抱き潰したい。

俺を幸せにするために悩んでくれてありがとう。俺も幸せにしたがってるって知ってほしいよ。好きで欲しくて、想い全部を身体で伝えたくて、息苦しい。

こんな時、朝まで抱き締めても飛馬がいやがらないように、怖がらないように、やっぱり恋愛感情で見てほしいな。……だめかな。

「さっき、海東の電話、鳴ってたな」

「ああ……着信音こっちまで響くね。ごめんね、これからはバイブにしておくよ」

「ばか、音なんて気にしない。……その電話で、哀しいこと言われたのかと思ったから」

胸が痛くて痛くて、途方もなく幸せで、泣きたくなった。

感傷を苦笑で蹴散らして、飛馬の顎を引いて唇をさらう。

飛馬が知りたがってくれた〝ひどいキス〟じゃないけれど、学生時代から飛馬のくちに重ね続けたのとも、展望塔で初めて深くまで想いを届けさせてもらったのとも、この数日〝煙草〟でこたえてきたのとも違う、恋人にするような震えるほどのキスをした。

欲しいよ、好きだよ、と唇と舌だけで言う。どんな饒舌な言葉にもかなわない。

もう何年も、こんなふうに飛馬を好きなんだよ、と熱く柔らかく訴えた。

それから言った。

「……愛してる」

くち先に吐息がかかりそうな至近距離で、飛馬の唇が、はっと小さく開いて戦慄いたのがわかった。

がたがた崩れた口調で、

「そ、れは……よか、った」

なんて言う。顔が真っ赤で、微笑みかけてもう一度一瞬だけキスしたら、お返しに、がぶっと噛んでくれた。嬉しい。けどいたい。

「今の、海東の、なんか……ちがった」

「うん、違くしたよ。――さあ～……じゃあ飛馬に元気もらったし、仕事続けようかな」

「え」

両腕をあげて、伸びしながら部屋へ戻った。椅子に腰掛けてパソコンのキーボードに指をおき、まだ冷めない興奮を持てあまして、再び仕事に集中する。

こういうの頻繁に続くと、よくないかもなあー……と、デスクの隅に置いていたポテチを囓《かじ》って黙々と文章を打ち込んでいると、いきなり背後でドアがばんっと開いた。

びくっと跳ねあがった俺のとこに、飛馬がずかずか来て後頭部をばしっと叩いてくる。

「いたっ」

で、身を翻して、

「寝る」

とベッドに滑り込んで、布団にくるまってしまった。

どういうことなの……。

ひとまず飛馬の眠りを妨げないようにと、室内の灯りを消してデスクのライトで仕事を続けた。頭の反対側で、飛馬を怒らせたのか傷つけたのか思案するものの、原因はいまいち判然としない。

三十分ほどして原稿の修正作業に入った頃、うしろでベッドが軋み、

「……海東、こいよ」

「あ、ごめん、ライトついてると眠れない？」

「こいって言ってるんだよ」

……深夜の静けさが、俺たちを覆う空気の重さを変えてしまう。

眠る時に誘われたのは初めてだった。

ディスプレイの文字をしぶとく睨んでみたところで頭に入ってないのは明白で、残り数ページは早起きして片づけるか、と諦めて自分も眠ることにした。

ベッドの横へ屈んで飛馬の髪を撫でると、もぞもぞ奥へ移動して俺が眠るスペースをあけてくれる。掛け布団を持ちあげてなかへ入ったら、擦り寄ってきて俺の胸に額を押しあてた。

一緒に寝るのも慣れているとはいえ、身体に熱が残っていたので、飛馬の額に軽くくちづけて「おやすみね」と背を向けた。

「かい、と……、」

なにか言いかけた飛馬が、ふいに背中に抱きついてくる。面映《おもは》ゆくなって飛馬の手を上から握り締めると、掠《かす》れた声がした。

「……愛って、なに」

え。

「飛馬？」

「俺は、おまえのこと、振り向かせるからな。……絶対だっ」

「振り向かせる……？」

半分寝返って仰向けになったら、飛馬は左腕にしがみついてきた。

「どうしたの、飛馬」

「俺と、おまえの気持ちは……種類が、違うからな」

かさかさの、引きつった泣きそうな声だった。

「海東の〝性欲なんて恐れ多い、爪先だけでも眺めて幸せ〟って、それは、単なる崇拝だろ。……対等じゃない。恋でもない。敬愛だよ」

「敬、愛……」

「そういうの、いらない。……おまえ、最初は衝動でキスしたり、ただの骨折で俺のこと〝死ぬかもしれない〟って、騙《だま》して反応見たりするぐらい、もっと、ぐちゃぐちゃした、子どもじみた恋してただろ。それでいい、それがいいよっ」

「飛馬、」

「俺を欲しがれよっ。ちゃんと好きになれよっ。こんなの俺の片想いじゃないか……！」

愕然《がくぜん》とする俺の肩先に突っ伏して、飛馬が呻く。パジャマの内側までじわりと熱く湿ってきて、泣いているのかもしれないと思った。

「……飛馬は、俺たちが両想いだと思うの」

暗闇のなかで飛馬の前髪を流して表情をうかがうと、じろっと涙目で睨んでくる。

「今は俺の片想いだ」

「俺が〝仙人〟だから？」

「ん」

眼前のリアルが、なんだか遠かった。かわりに高校三年に進級した頃、飛馬のうしろの席で毎日見ていた、あの背中が鮮明に見えた。

どんなに想っても届かなかった飛馬が、今ここで俺を好きだって言ってくれてる。

下瞼に涙を滲ませて、自分が片想いしてる、なんて嘆いてくれてる。

俺の心の中心にはずっと、飛馬しかいなかったのに。

「……いざ飛馬に触って〝男だ怖い〟ってはね除けられたら、傷つくよ」

「脅迫してるつもりかよ」

「俺はフィギュアの子たちみたいに、胸とかないし、柔らかくもないよ？」

「ばか。フィギュアも柔らかくないだろっ」

「あ、それもそうか」

笑ったら、飛馬の顔の強張《こわば》りも緩んだ。きちんと向かい合って額にくちづけると、飛馬もこたえるように俺の頬を撫でて、くちにキスしてくれる。

両手で頬を包み返して、真っ直ぐ見つめて真剣に問うた。

「飛馬、本当に俺でいいの……？　〝好き〟ってなんだかわかってる？」

「おまえより俺の方がわかってんだよ」

焦がれ続けたこの潔さで、俺の積年の想いを一蹴してくれちゃうから堪らない。

観念と嬉しさ半々で苦笑いしてしまいながら、今一度くちづけた。唇の温度も味も、今までとはまったく異なって感じられて、重なり合って湿った箇所が痺れて胸まで痛む。

「……飛馬が、俺のこと好きだと想ってしてくれてるのかと思うと、変になる」

「ずっとなんだと思ってたんだよ」

「じゃれ合い、とか」

「同居してからも？」

「友情と愛情の、まざったようなもの……？　なんにせよ、飛馬の感情が自主的に動いてるっていうよりは、俺が同情を誘ってるんだと思ってたよ。絆《ほだ》されてくれた、って」

俯いて視線を下げた飛馬が、俺の身体に腕をまわした。

「海東を、長い時間かけて、そんな考え方しかさせられないようにしたのは俺だから、今度は俺が、振り向かせないといけないいって思ってた」

ごめん、みたいな顔で言う。その顎をあげて、貪るようにくちづけた。

自制の糸を切って理性もろとも捨てたあとは、顎のほくろと頬も、大事に味わうように吸い寄せて、パジャマのボタンをはずしていく。

「……俺、飛馬の同級生の、男なんだよ。こんなふうに触られて、いやじゃない？」

もう息を乱している飛馬は、顔を伏せて切れ切れにこたえる。

「大、丈夫」

「〝大丈夫〟って、我慢してるって意味だよね」

「違うっ、我慢、してない」

「……その言葉、信じるよ？」

「信じろよ、本当に……我慢、じゃない、から」

ボタンをはずし終えると、深呼吸して飛馬の鎖骨にすこしだけ触った。……指、震えてるのがバレたかもしれない。自分もどんどん余裕がなくなってる。

飛馬の頭にくちをつけて、目を瞑って手探りで鎖骨から胸をゆっくりたどっていくものの、心地いい滑らかさと体温を感じると、頭が破裂しそうになった。神経が研ぎ澄まされて、まるで指が目になったみたいに、肌の弾力と温度が見える。

指先が飛馬の乳首を掠めて、飛馬がぴくっと反応した途端、俺の心臓も跳ねあがった。

「ごめん飛馬……俺、全然余裕ないよ」

正直に打ち明けて、へらっと笑ったら、がちがちの緊張感が和らいだ。

飛馬も顔をあげてぼうっと俺を見つめ、突っ張っていた肩をさげる。

「……うん。それでいいよ。おまえはもっと、俺にあわあわしろ」

「あわあわ？」

「放っておかれんのは、もうやだからな」

そう言った飛馬は、布団のなかでごそごそ動いてから、ベッドの下にズボンを捨てた。

俺の胸に擦り寄ってきて顔を伏せ、照れ隠しがあからさまな、強がった声音で呟く。

「ぱんつが汚れる」

「えっ、ぱんつも脱いだの？」

ちょっと間があって、小さな返事があった。

「……確かめてみれば」

一瞬で身体が熱して、力んでないと暴れだしてしまいそうになって飛馬を掻き抱いた。

両腕で飛馬の背中と腰をぎりぎり縛りあげて、痛めつけるのも無視して、むしろ、これだけ好きなんだと叩きつけたい気持ちで、抱き竦めた。

「飛馬……っ」

「いた……いたぃっ」

不良と喧嘩して殴り合っても〝痛い〟なんて言わなかったのに、言った。

「いたいな……恋は、いたいな」

「うまい」

それでまたふたりでちょっと笑って、冷静さを取り戻してキスをする。

自分もパジャマを脱いで改めて飛馬を抱き締めると、それからしばらく、飛馬の身体を丁寧に撫で続けた。

胸もお腹も、背中と腰のラインも、鎖骨と背の骨のおうとつも、掌に馴染むまで、自分が触れていい人なんだと、心で理解できるまで。何遍も大事に。

「海東、」

やがて飛馬も俺の唇以外の箇所に手をおいて、撫でてくちづけてくれるようになった。

汗ばむ肌が擦れて恥ずかしいのに、それ以上に愛おしさが止まらなくて手繰り寄せる。

飛馬の上に身体を重ねてからは、跡をつけるための愛撫をした。噛みついて傷つけないように、何度も手とくちを止めて深呼吸する。ンっ、と身を捩《よじ》って声を我慢する飛馬の、浅く息を吐くようすが、初々しくてかわいくて、切ない。

「飛馬、好きだよ」

「……うん、」

「本当に、本当に……本当に、好き」

ずっとずっと好きだった。こんなふうに触って、こんなふうに喜んでもらって、こんなふうに、ふたりで一緒に幸せをわかち合いたかった。

「海、東……どした、哀しいのか」

暗闇のなかに、俺の全部を許して、受け入れて、想ってくれる飛馬がいる。

なんてこたえたらいいのか、声がきちんとでるのかもわからなくて、情けなく笑って唇にキスした。キスだって、いったいどれだけすれば気がすむんだろう。飛馬もいい加減飽きてないかな。

ごめんね、と想って離れるのに、でもやっぱり、飛馬は嬉しそうに笑ってくれて、

「……海東、」

「なに」

「どうすればいいか……わかんない、教えろ、」

俺の腕を引き寄せようとする。恥ずかしいのかな。ちょっと唇を尖らせて、涙目で拗ねてるみたいな顔になる。……本当に大好きって、それしか考えられなくなっていく。

表情はあまり見ないであげようと思って、飛馬の脚をひらいて腰を寄せつつ、顔の横に両肘をついて、キスして耳打ちした。

「俺のこと、呼んでて」

「……響《ひびき》、」

うん、と頷いた。飛馬の耳を噛んで左手をおろし、そうっと奥に忍ばせる。

うっ、と歯を食いしばって身を竦めた飛馬も、俺にしがみついて耐えてくれる。

「玲二」

今度は俺が呼ぶ。呼びながら、やんわりほぐしていく。……知識なんて俺もあまりないんだけど、飛馬を誰より愛おしむ自信ならある。

「響……次は、どうすんの」

「好きでいて」

俺と一緒に。

「ン……好きだよ」

こたえた飛馬も俺の背中に手をまわした。

頬にも瞼にも、何度も何度もくちづけながら指を増やして丹念にほぐしていると、飛馬の呼吸がだんだんと熱を取り戻してきて、指の角度によって時折甘い喘《あえ》ぎ声もまじるようになった。背中で飛馬の手が力なく震えているのがわかる。

「きっとすごく痛いと思うけど……するね」

指を抜いてきつく抱き締めてから、慎重に自分の身を沈めた。

いっ、と声にならない声をあげて、飛馬が顔を歪めて奥歯を噛みしめる。そのかたく閉じたくちに唇を寄せて、懸命に宥めた。酷く焦って、頭を撫でて、玲二、と呼びかけた。

「ごめんね、下手で」

やっと、すこし笑ってくれる。

「下手か、わからない」

「ん？」

「……響しか、知らないから。知りたくも、ないし」

とうとう俺の目から落ちた涙を見て、飛馬が吹きだした。「泣きたいのは、こっちなんだよ」と叱責《しっせき》ももらって、情けなくって「ごめんね」と慌てて拭う。

飛馬も俺の目元を触って、拭いてくれた。

「ほら……泣いてないで、ちゃんと教えろ響」

……その瞬間の飛馬の表情は、今まで見た、いつのどのものとも比べられない、この世の温もりの全部を身体に詰め込んで溢れさせているような、至福に満ちた笑顔だった。

抱き合って意識が途切れたあと、すぐに目が覚めた。腕のなかで飛馬が眠っている。上半身を起こしてデスクにあるデジタル時計を確認したら、朝の六時十一分。窓のカーテンの隙間から、鈍い朝日が差し込んで室内を青く浸している。

「……響」

あ、と見返すと、飛馬が重たげな瞼を静かに開いて瞬きし、薄く微笑んでいた。

「……ごめん、起こしちゃった？」

「いや、起きてたよ。すこし眠ったけど、変に目が冴《さ》えて」

「そうか。まだ落ち着いてから一時間も経ってないよ。もうすこし寝た方がいいと思う」

「落ち着いてから……？　なにが」

「え……その、身体が」

「身体？」

「……行為、が？」

「コウイ？」

イタズラっぽく笑う飛馬が、布団に顔を埋めて肩を揺らす。その肩先は朝の鈍い青の世界でも白く眩しくて、「悪い子だね」と引き寄せて軽く吸った。

飛馬の素肌から自分の肌に、体温が伝わってくる。唇から洩れる吐息は、俺の鎖骨を直に温めた。……どこかでスズメが鳴いてる。光まで青白い。

次第に現実味が薄れて、リアルと空想を行き来しているような奇妙な気分になった。

でも、

「響」

やっぱり、飛馬も俺の腰に手をまわして抱き返してくれる。

ごくごく自然な素振りで、俺の脚の間に左足を挟んで絡めた。肌から届く言葉と、熱から胸に浸透していく想いが、なによりも如実で緩やかな会話になる。

鼻先を撫でる飛馬の香りが、初めてキスした日の、日だまりの午後を想い出させた。

屋上でふたりで並んで話をしていて、風が柔らかくて、空の途方もない広さが急に苦しくなって、どうしようもなく飛馬が好きで、辛かった。

「……飛馬」

「ン」

おはよう、と朝の教室で唐突に奪ったキス。

またね、と夕暮れの路地でふいに引き寄せたキス。

体育館の裏でいつまでも離せなかった、卒業式のキス。

……言葉にならない誓いや祈りが、胸に溢れて全身に広がっていく。暴れて駆けめぐって熱にかわって、心臓や指先や目の奥を刺激して痺れる。

痛みを憶えて飛馬の身体を自分の胸の深くまで抱き寄せたら、飛馬も黙って近づいてこたえてくれた。

カーテンの隙間から差す長く四角い朝日が、飛馬の髪とベッドに白い線をひく。

思いやるばかりに俺たちはいつも言葉足らずで、何度もすれ違ったし、これからは喧嘩だってするんだろう。けど長い時間を経て結んだ絆には、言葉を不要とする瞬間も、確かにある。

そんなことを確信しながら、この朝俺は、ふたりぼっちの青い部屋に降りる真っ白い光を、黙って眺め続けていた。

翌日、飛馬と昼食を食べてから仕事にでかけた。

原稿の校正だけだったので、夜の十時前に家へ着いて玄関のドアを開けたら、

「響！」

すぐに飛馬の声と、たったたっ、という足音が向かって来た。

同居を始めたあと俺が仕事で外出したのは今日が初めてだったから、お出迎え？　と、照れくさくなったんだけど……声が、怒っていたような。

「響っ」

「あ、飛馬、ただいま」

「邪魔者がふたりも来たぞ」

「え？」

「永峰先輩と柊さんだよ！」

足下を見下ろすと、確かに見知らぬ靴がふたつ並んでいる。

すると奥から柊さんの声が聞こえてきた。

「はやくおいでよ王子さま～」

続いて、永峰さんの「ぶひゃははは っ」という大爆笑。

飛馬は本当に、ふたりに大事にされてるなあとしみじみする。

「邪魔なんて言ったら失礼だよ」と、飛馬の背中を撫でて部屋へあがった。

ソファーでは永峰さんと柊さんが腰掛けてご機嫌そうに酒を呑み、テーブルの上には、こぼれ落ちそうなほどたくさんのつまみと酒。

みんな、すっかりできあがってる。

「おふたりとも、いらっしゃい」

「夜の電話ぶりだね〜、海東君待ってたよ。ま、一番待ってたのは玲二みたいだけど？」

柊さんはからかって、にっこり笑う。永峰さんも膝を叩いてはしゃぎ、「今の猛ダッシュ見たかよ、恋は人を変えるね！」と大笑い。

飛馬は俺の横で、本気で怒鳴った。

「おまえら、さっさと帰れ！」

まあまあと宥め賺《すか》して、お客さまに問う。

「おふたりは、まだお時間平気なんですか？」

「僕は奥さんに許可とってきたし、永峰もこのとおり暇人だよ」

「なら、俺ちょっと荷物下ろして、新しいつまみつくりますね。ここにあるの全部乾きものだから、お嫌いじゃなければ山芋を擦って焼いて……あと、厚揚げも軽く焼いて、生姜《しょうが》と万能ネギかけてしょうゆで食べましょう」

「さすが海東君、いい旦那だな～」

「飛馬も夕飯まだ食べてないでしょう？　つまみでお腹いっぱいなら、お茶漬けつくってあげようか。鮭《さけ》とかいくらとか、たくさん具を入れてさ」

飛馬は仏頂面で、黙って頷いた。

「では」とふたりに笑顔で頭を下げて部屋へ向かうと、飛馬もついてくる。ドアを閉めたら、不機嫌そうにベッドへ腰掛けて両腕を組んだ。

「最悪だ」

「ふたりとも、遠くからわざわざ飛馬のために来てくれたんでしょうよ」

「俺のため⁉　いやがらせでしかないだろ」

「そうは思わないけどなあ」

「おまえがいない間、散々からかわれたぞ」

「飛馬がかわいくてしかたないんだよ。仕事辞めたあとまで付き合ってくれる人は貴重なんだから、大事にしなくちゃ」

「俺は喜んでないんだよ！　鬱陶しいったらありゃしない」

ぷりぷり怒る飛馬を見て苦笑しつつ、上着をハンガーにかけてしまった。飛馬の右横に腰掛けて、う～ん、とこめかみを掻く。

「まあ、しばらくの辛抱だよ。厚意は素直に受け取ろう」

「厚意!? あいつらは俺を面白い玩具としか思ってないんだよ。おまえが俺に片想いしてたのを知ってるから、酒持って押しかけて来て〝海東君のこと好きなんだろ〟〝観念しろよ〟〝海東君が可哀想《かわいそう》だろ〟って責めてきやがる」

「え」

「俺より響のプライベートを知ってるって自慢して、永峰先輩は〝おまえより海東君と仲よしだ〟って何回も言うし」

「プ、プライベート?」

「柊さんも、おまえと頻繁に電話して相談事を打ち明け合うってさ!」

ぎろっと睨まれた。これって、もしかして……独占欲、かな。

胸が甘痒くなって額をおさえて項垂れたら、飛馬は両腕をうしろにおいて身体を支え、溜息を吐き捨てた。

「不愉快だから戻りたくない。おまえだけ楽しく呑んでくれれば? 俺は邪魔みたいだし」

「いや、勘違いだよ飛馬。からかうのも、きっと祝福っていうかさ……」

「おまえ、柊さんちで順子さんと一緒にお菓子づくりしたりするんだって?」

なに話してくれてるんだ、柊さん。

「それは単なる付き合いっていうか、遊びに行った時の流れっていうか、そういう……」

「なんでおどおどしてるんだよ」

「してません」

じぃっと探るように凝視された。不謹慎だけど嫉妬してくれるのがとても嬉しくて、俺は身体を寄せて飛馬の耳をそっとはんだ。肩を竦めて反応した飛馬が、目を細める。

「ごまかそうとすんな」

抗議も笑顔で受け取って、腰を引き寄せた。

「ごめんね。飛馬に隠したいことなんてないし、これからはなにかあったら飛馬に一番に話すよ」

「約束だぞ」

「約束します。相談って言ったって……たとえば仕事で辛いことがあっても、俺を癒してくれるのは飛馬だけだよ。飛馬は俺より精神的に強いからさ、今まで〝つまらないことで悩むな〟って呆れてほしかったこと、何度もあったんだから」

「……。ふん」

耳の下にくちづけたら、飛馬はくっついてきて左手で俺のシャツの襟を引っ張り、唇をせがんでくれた。こたえて舌で想いをそそぐと、俺の胸のなかで溜息をこぼす。

「……なにに怒ってるのか、わからなくなってきた」

ははは、と笑ってしまった。

「戻ろう？　ふたりとも飛馬をばかにしたいんじゃなくて、お祝いしてくれてるんだよ。鬱陶しがるまでノロケてあげればいいよ。俺が守ってあげるから」

「のろけ……？」

「お茶漬け、ふうふうして食べさせてあげる」

「……子どもかよ」

「高校の、子どもの頃からの夢なんです」

「ちっさい夢だな」

「大きいよ……俺にとっては月面の第一歩より大きい夢だよ……」

「似たようなこといっぱいしたろ。俺はおまえが帰ってきたら、またセックスしたかったのに」

「うっ」

顔がぼわっと紅潮した瞬間、ドアの方から「あはははは」と盛大な笑い声と手を叩く音が聞こえてきた。

あ。永峰さんと柊さん、盗み聞きしてたな。

真っ先に飛馬が向かって行ってドアを開け、大声で叱りつけた。

「おまえら、ふざけんな！！　悪ガキ！　帰れ！　はやく帰れ！」

「ダメ……腹痛い……っ」

永峰さんは笑いながら飛馬を「えろい子、えろい子！」と指さす。当然、飛馬は肩を尖らせて「あったまきた」と突っかかって行った。

……ベッドへ倒れて仰向けに天井を仰ぎ、深呼吸する。

なぜかまた唐突に、昔飛馬の背中越しに見た、授業中の光景が浮かんできた。

消しゴムのカスを机の右上隅に山にしたり、テストの問題用紙の裏にうずを描く飛馬。

窓の外に視線を投げると見えた、哀しいほど暖かくて柔らかい、春の午後の日差し。

太陽の色。胸が恋情に縮む、微かな痛み。

今ここにある現実の至福を実感するたびに、あの日々が色合いを変えて蘇ってくる。

「響、なにしてるんだよ！　俺のこと守ってくれるんだろ！」

飛馬の叫び声と、永峰さんたちの笑い声がドアの向こうから届いた。

俺ははっとして身体を起こし、まだ熱い頬を擦ったあと、立ちあがっていそいそ部屋をでたのだった。

これからのはなし

響《ひびき》が携帯電話片手に、「大澤《おおさわ》が一之宮《いちのみや》連れて、今度の土曜日うちに来たいって」と嬉しそうに言った。

なんのために……？　と疑問に感じて首を傾げる俺をよそに、

「呼んでもいいよね？　俺、いっぱい料理つくるよ。楽しみだね」

とてきぱき話をすすめて、携帯電話の向こうの大澤に「なに食べたい？　リクエストある？」なんて訊いてる。……横顔がにこにこ楽しそうだ。響が楽しいんならいいかな、と納得してみるけど、この家に四人が揃うのを想像すると、どことなく違和感。

あいつらが俺のうちに来るのは初めてだ。去年の〝結婚詐欺事件〟後の呑み会といい、そもそもこんな親しく交流するの自体、久しい。

わかってるのは、俺とあいつらのかけ橋とも言える響が、ここにいるからってこと。

「海東《かいとう》が飛馬《あすま》を盗撮してた？　……今更なに言ってるんだ、周知の事実だろ。気づかなかった飛馬が鈍感なんだよ」

大澤はソファーの上で長い脚を組んで、ウーロン茶を飲んだ。フローリングに膝を抱えて座る俺をじっと突き刺してくる視線は、呆れなどとっくにとおり越して冷徹なぐらい。

「ふざけんな。周知って、大げさに言ってんだろ」と反撃してみたものの、

「飛馬、体育祭は開会式にでたあと即行で帰ったよな？」

「校歌うたわされて腹立ったからな」

「あのあと、海東はみんなに〝残念だったな！〟って背中叩いてからかわれてたんだぞ。――だから、球技大会で体操着姿を撮るためにがんばったんだよな、海東？」

俺の左横にいる響まで、にんまり責められた。

「勘弁してよー……」と眉を下げて苦笑いする響はエプロン姿で箸を持ち、ポテトサラダのコーンをちんまりつまんで食べてる。

……だいたい予想していたが、俺らの過去を知る人間に会うと晒しものになって、ちくちく責められて反省会になる。

大澤の横でパスタを頬張っていた一之宮も「そうそう」と会話に加わると、ふたりでわいわい始まった。

「飛馬と海東ってもどかしかったよね。どこにいたって十分ふたりの世界つくっていちゃいちゃしてんのに、くっつかないんだもん」

「まったくだ」

「最初は男同士とかってびっくりしたけど、男子校的な空気も相まって、最後の方はみん

なのなかで〝デキてる〟って結論に落ち着いてたよね」

「当時の同級生は、ふたりが同棲始めたって知っても〝それで？〟って笑うだろうな」

……むかつくな。当人を排除して外野で勝手に話をすすめんなっつんだよ。

俺は「おい」と制して、ソファーで談笑するふたりを睨んだ。手に持っていた響お手製のふわふわオムライスを置いて、言ってやる。

「あのな、俺の方は昔、響を恋愛感情で見てなかったぞ。今は好きだけど」

大澤に「はいはい」とあしらわれても、「聞きやがれ」と続ける。

「響はずっと俺のだけど、俺がこいつのになったのは最近なんだよ」

「わかったって」

「大変だったんだからな。この野郎ばかみたいに優しいから、俺も悩んで考えて、」

「ノロケ話はお腹いっぱいだわ」

「真面目に聞けよ！」

「飛馬の気持ちなら、昔っから俺らの方がよーくわかってると思うよ」

腹立つな。「響、あんなこと言ってんぞ」と服の袖を引っ張って助けを求めても、響も俺のオムライスを横から食べて微苦笑してる。……おまえがいいんなら、いいけどさ。

響のくちの端についたトマトケチャップが気になって、じぃと見ていたら、今度は一之宮が「でもさ、」とくちを開いた。

「だったら、長い間友だちだと思い続けてた相手とセックスって、ぎこちなくない？」

金持ちおぼっちゃんの不躾《ぶしつけ》な質問に動じて吹きだしたのは、大澤と響。

俺は胸を張ってこたえる。

「ぎこちなさを味わう余裕もないぐらい、したくてしょうがなかったよ」

「わ〜……」

「照れてる暇もなかったな」

「うわ〜……」

たじろぐ一之宮の反応に満足して、フフンとサラダのプチトマトを咀嚼《そしゃく》していると、響の視線を感じた。目を細めて、唇だけで苦笑して、なにか言いたげなようす。

「……なんだよ」

「べつに」

「言いたいことがあんなら言えよ」

「ううん。あの時の飛馬、かわいかったなあー……と思って」

含みのある物言いで、楽しそうにくすくす笑ってる。エプロンをぐいっと引っ張ってやって、倒れ込んできた首を両腕で絞めあげてやった。

「いたいいたい、飛馬っ」

「俺は照れてなかったぞ、わかってんのか！」

「照れてないし、すごくきれいで誘惑上手で、俺があわあわしてました！」

「よし」

俺らが真面目に説明してんのに、大澤と一之宮は無視して「海東の手料理はうまいな」「大澤の奥さんの料理が酷すぎるんだよ」「こら」と、ほのぼの食事してやがる。

俺の腕のなかで身じろぐ響の体温が、あったかかった。「くるしい〜……」とゆったりぼやいて、さっき俺が食べたのと同じ、サラダのプチトマトを取って食べる。俺は腕を緩めて、うしろから抱き締めるような格好になった。

正面のガラス窓越しに真っ白い夏色の日が差していて、それを眺めながらふいに、自分の家がこんなに賑《にぎ》やかなのは妙だな、と思う。

どっかの筋肉脳がビールを持って来て騒ぐことはあっても、この面子で和やかに会食する日がくるなんて、思ってなかったからかもしれない。

ひとりにならなくとも、こんな穏やかさを体感できるのか、としみじみ考えた。嫌いじゃない、とも。

「あ、そういえば、兼谷《かねや》も結婚するんだって」と、唐突に一之宮が言った。

俺に寄りかかっていた響は、「えっ」とすこし身を乗りだして問う。

「もしかして相手って伊藤《いとう》さん？　ほら、卒業式で告白オッケーしてもらってたよね？」

「あはは、まさか。伊藤さんとはとっくの昔に終わってるよ。会社で知り合った事務の子と、お盆休みに式あげるんだってさ。かわいい子だよ〜、あいつ面食いだから」

とっくの昔……？

俺を放って、三人が「みんな結婚していくな」「おめでたいね」と笑顔で噂話に花を咲かせる。なんだこの違和感。……なんだ。

「なあ。どうして相手が伊藤だったら〝まさか〟なんだよ」

三人の視線が、きょとんと俺に集中しても続けた。

「当たり前みたいに〝とっくに終わってる〟って、なんで言えるんだ？　お互い好きで付き合ってたんだろ？」

正直、兼谷なんてどうでもいい。今の今まで存在を忘れてたほどだ。

漠然と憶えているのは、カラオケボックスで響に言い負かされてたことと、卒業式のあと、響にじゃれついてほっぺたに吸いつきやがったことだけ。あいつの恋愛が成就しようと終わろうと、テレビのなかのゴシップぐらいに他人事だ。なのに引っかかった。

俺と響が積み重ねてきた時間ごと、絵空事だと言われた気がして。

「言うよ」と一之宮が肩を竦める。

「あのさ、どっかの海東と飛馬とか、どっかの大澤と和田《わだ》先生みたいに、青春時代の恋愛を大事に大事に維持していられる人たちは、特殊なんだよ？」

「変人みたいに言うな」

「ある種、変人だよ。ずっと好きでいるって、いっちばん難しいんだよ？　人間って幸せに慣れる生きものなんだから、一緒にいればいるほど冷めたり飽きたりすんの」

「俺は飽きない」

叫びに近い声で断言したら、一之宮はしれっと頷いた。

「うん、だからすごいと思うよ。ここだけの話、兼谷は離婚しそうだなーって思うけど、海東と飛馬は、どうせずっと一緒にいるんだろうなあって想像できるもん」

「……おまえ、友だちが結婚する前から、離婚しそうとか言うなよ」

「しかたないよ、そう思うんだから。兼谷はいまだに恋愛観変わってないからね。この前会った時も『年齢的に結婚考えた時、付き合ってたのが彼女だった』とか言ってたし」

「最低だ。彼女が不憫《ふびん》だ」

「海東みたいに、相手を幸せにしたいなんて考えてないよ。飛馬も性別の問題はあってもさ、相思相愛の相手と巡り会えたことって、誇っていいと思うよ。羨ましいことだよ」

珍しく饒舌に、一之宮が語り倒した。

俺は恋愛に関する経験が皆無なので、兼谷の将来まで推し量れないが、ひとまず自分たちが貴重な関係であるらしいことだけは理解した。

俺と一之宮のやりとりを黙って聞いていた、響の頬をつまむ。

「おまえは変人だってさ」

「いて」

俺も一緒に変人になってやるから、心配すんな。

「しっかし一之宮って影薄いのに、それなりにいろいろ考えてんだな」

睨まれた。

「失礼だな。影薄いと思うのは、飛馬の世界が〝海東か、その他〟だからでしょ」

「あ、そうか」

「否定しないし」

大澤が頬いっぱいに料理を詰め込んだまま、吹いて顔をそむけた。一之宮に「うわ、大丈夫？　久々にまともな料理食べたからって夢中になりすぎだよ」とからかわれて、不愉快そうな顔になる。そして、みんなも笑う。

空気は淡く色づいて、時間の経過は曖昧だ。

俺の世界か……と、しんみり感慨に浸った。

忙しなかった毎日が、響が来た途端に消えた。

響がいるから、大澤と一之宮もここに来てくれた。

俺の世界は響しかいない本当に狭いもので、でもそれを広げてくれるのも響だ。

懐かしく大切な過去の日々にも、知らなかった美しい景色にも、人間やその感情にも、出会わせてくれるのは響しかいない。

あー……キスしたい。

……ありがたいし楽しいんだけど、おまえらそろそろ帰ってくれてもいいんだよ。


忙殺期がやってきた。

響は毎日取材へでかけて行き、俺は家にこもってデスクにしがみつく。

外にでて頭と身体と気をつかって働いてくる響を気づかって、俺も夕飯ぐらいつくれるようになんないとな、とがんばってみたものの、余った食材でうまく献立を考えられないし、味つけは基本塩こしょうだし、炒《いた》める以外の料理は神の域だし、ネットで調べた料理をつくると画像と全然違うものになって捨てたくなるし、包丁を持てば当然、指を切る。

結果、不味いことだけははっきりわかる。

なのに、響は「嬉しい」と俺を抱き締めて喜んで、絶対に残さず食べてくれた。

「無理すんなよ、不味いだろ」

「無理じゃないよ。飛馬の味だなあって、嬉しいよ」

料理を褒めてもらうこと。

全部笑顔で食べてもらえること。

そんなささやかなことが、どんなに嬉しくてありがたいものか知った。

こういうのは、俺が幼い頃に父親と土手でキャッチボールしたり、継母の料理を手伝ったりして、〝うまいぞ〟〝おいしいわよ〟と褒められたりしていたら、もっとはやく気づいていた幸せなのかもしれない。

響がくれて初めて、自分に欠落した部分があることも、それらを響に補ってもらっていることも学んだ。

恋人として家族として、響は俺に人間らしい感情を教えてたくさん幸せにしてくれる。

「飛馬、ただいまー」

「んー、おかいり」

キッチンにいる俺のところへ、響がにこにこ帰ってきた。時刻は夜七時。

「今日ははやかったな」

「うん、でも疲れた〜……取材先の人が話し好きでさ〜……」

俺の腰に腕をまわしてくっついてくる。

左肩に突っ伏してぐったり溜息をつくから、「煮物つくってみたよ」とくち元に大根を持っていくと、ぱくと食べて「あつっ、熱いっ！」と慌てた。大笑いする俺をよそに、ほくほくくちのなかで冷まして咀嚼する。

「悪い。味の染み具合は、大根が一番わかりやすいかと思って」

「ん。熱かったけど、とってもおいしい。これ白だしでしょ、優しい味だよ」

ふふん。

「ほんとにおいしいな？　本心からおいしいな？」

「うん、ほんとに、本心からおいしいです」

「ほんとのほんとだな？　おまえがおいしくなかったら意味がないんだからな」

笑った響が「ほんとのほんとの、本っ当においしい」と、俺の左頬に右頬を擦り寄せて甘えてキスし……たら、突然ふわっと香水の匂いがした。

嗅《か》いだことのない、知らない匂い。

「……おまえ、女の匂いがするぞ」

「え……？　今日の取材先の人が女の人だったからかな？　なんにも疚《やま》しいことないよ」

「あってたまるか。さっさと服、着がえてこいよ」

「いや、だから、」

「俺は脱いでこいって言ってる」

うぐ、と言葉を詰まらせた響が「は……は、い」と、もごもごこたえる。「口ごもってんじゃねえよ」と左肩をくいっとあげて、顎をがちんと軽く攻撃してやった。

「いたっ」

「あやしいな、あやしいぞ」

「飛馬に嫉妬してもらって、感動しただけだよ」

「おまえは俺のなんだよ。わかってんだろ」

「わかってる。じゃあ着がえてくる」

ったく、俺の服にまでくっさい匂いつけたら承知しないからな。

しばらく煮物をかきまわしていると、響が部屋着に着がえて来てまた俺にくっついた。

「どうですか」と訊かれて、くんくん嗅いでやって頷く。

「うん、響の匂いだ」

高校の頃から不思議なぐらい変わらない、よく知ってるおまえの匂い。

響もほっとして、おかしそうに、嬉しそうに笑う。

「飛馬って、動物っぽいところがあるよね」

「ンー……。人間っぽくなかったことは認めるよ」

「人間っぽくない？」

経験も感情も足りなくて、ひとりの方が自由で幸福だって信じてた。

おまえが知らない間に傍で俺を支えて、一緒に生きていてくれた日々でさえ。


夕飯を食べたあとは、ソファーでまったり時間を潰すのが最近の常だ。

「忙しいのに……」とか「もう仕事に戻りたくない」とか「あと十分」をくち癖にして、寄り添って重なり合って、満腹感が落ち着くまでだらだらする。

「あ、言い忘れてた。飛馬、俺、来週また名古屋《なごや》に行ってくるよ」

「えっ、名古屋？」

「一泊しなくちゃいけないんだけど、一緒に行く？」

「無理だよ、めちゃくちゃ忙しい」

「そっかー……」

同居しても休みが合わなくて、ふたりで遠くへ遊びに行く機会はなかなかない。

「きれいなとこへ行きたいな」と響のお腹を軽く叩いたら、ぽいんと音がした。

「むあっ、大事な煮物がでちゃうよっ」

「いい音がした。もっかいやらして」

「だめっ」

悶える響を両足で挟んで羽交い締めにして、笑いながらお腹を探る。

出張、ひとりでも気をつけて行ってこいよ、事故に遭うなよ、上手に楽しんでこいよ、と心の片隅で祈ってじゃれ合う。

すると俺の手を摑んでとめた響が唐突に、

「飛馬、きれいかどうかわからないけど、今から行けるところにでかけようか」

と、にっこり微笑んだ。

——夜、九時をまわっていた。

日中家にこもりきりだった俺は、響に今夜の天気や気温を訊いて服を選び、外出した。

静まりかえったマンションの廊下で、こっそり家の鍵を閉めて、響とこそこそ小声で会話して、忍び足でエレベーターへ移動して、駐車場へ行く。

車に乗り込んで走りだしたら、開いた窓の外から初夏と雨の錆《さ》びたような香りが舞い込んできた。

「すごい。夜逃げみたいだな響。わくわくする」

「夜逃げはわくわくしていいのかな……？」

夜道の先で、信号が遠くまでよっつぐらい一斉に、青に切りかわる。

自転車で帰宅途中のサラリーマンは、携帯電話で話しながらふらふら走ってすれ違った。

一際明るく輝いてる、あの店はコンビニだ。学生っぽい子たちがたむろしてた。

信号で停車すると、前の車のナビまでぼんやりうかがえる。

夜空は満月が近いのか紺色で、雲も藍色《あいいろ》っぽく鮮明に見える。

「今夜は遠くに行けないから、あまり期待されても困るよ？」

笑った響がハンドルを切って高速道路へ向かった。

大きな川を超えて、マンションに灯る部屋の明かりの数を数えて、俺たちを見下ろす月を見あげる。高揚感に胸が弾んで、始終そわそわしていた。

「期待どおりだよ」

そうこたえたら、響は「まだついてないのに」と吹きだした。

光を抜けて夜をくぐって、数十分後に響が連れて来てくれたのは海老名《えびな》サービスエリアだった。東京《とうきょう》から来て最初のサービスエリアだからいつも混んでるし、待ち合わせにもよく利用される。……と、いうのは、昔ツーリングについて行ってた頃に得た知識だ。

「一応、おみやげぐらいは見られそうだね。行こう、飛馬」

横長の施設で、響は歩きながら「昼間なら有名なメロンパンとか、ソフトクリームとかドーナツの店が開いてるんだよ」と教えてくれる。

「外には屋台もあって、いろんな限定商品が食べられるの。いつ来ても賑やかなんだよ」

「賑やかかー……」

確かにめぼしい店は閉店していて、中央のフードコートと、奥のおみやげ屋さんしか営業してない。テーブルに座って食事してるのも、一見してトラックの運転手だとわかる風貌の男たちや、引っ越し業者のお兄ちゃんたちだけ。

「俺はこれぐらい静かなのがいいよ。どんなおいしい限定料理も、ずらずら並んで待たされて食べたんじゃ、苛々して味わえないだろうしな」

「あはは。……うん、そうだね」

おもしろいもので、おみやげって自分が住んでる土地のものでも見てると欲しくなる。

中華街にある店の肉まんだとか、シュウマイとか、いつでも買えるものが、どうして貴重で素敵な品に見えてくるんだろう。

「ここ限定のシュウマイだって。ずるいなー」

「飛馬が食べたいなら買うよ？」

「だめだ。負けたらいけない気がする。ああっ、お漬けものがまた、うまそうだなっ」

……散々冷やかした挙げ句、アニメキャラクターの人形焼きだけ買った。

響はくちをおさえて、笑いを堪えてる。

「どうしてそれ……っ」

「かわいいだろ？　全部キャラクターのかたちになってんだぞ。しかも原作の絵柄の！」

「そうね」

「今夜の夜食にするよ。響にもあげるからな」

ひととおり眺めてご機嫌で外へでると、ジュースを飲みながら立ち話を楽しんだ。

なんとなくまだ帰る気にはなれなくて、車やトラックが行き来するのを視線でたどる。

「……ねえ、飛馬」

「ん？」

俺の横に立つ響も、背中に店の明かりを浴びて、暗い駐車場を眺めていた。

「さっき話した〝人間っぽさ〟っていうの、〝空っぽじゃなくなった〟って意味なら、俺もかもしれないなあって思ったよ」

え……響、まだそのこと考えてたのか。

いささか驚きつつ「空っぽじゃない？」と訊き返した。

「ン。胸のなかに心がふたりぶんあるっていうのかな？　自分の感情ともうひとつ、飛馬の哀しさとか嬉しさとかも感じるから、全部二倍なんだよ。同棲始めてからは余計に」

「……うん」

「それが俺にとって生きてる実感と、生きたい意志になって、もぬけの殻じゃなくなってさ……。飛馬に会わなかったら、命を無駄にしてふわふわ漂ってただろうから、今は人間として生きられてるんだ、って思った」

俺たちは〝ガキか大人か〟じゃなく〝ゴミか生物か〟っていう次元の低さで話してる。ばかだな、と呆れるのに、笑う気にはならなかった。

こうして感謝も幸福も、ひとつずつ噛み砕いて言葉にしてくれる響を好きだと想うし、今後も一緒にいたいって、何度だって願う。

「響、」

……ただ、照れくさいからうまく返せなかったりもするけど。

「おまえ今〝同居〟じゃなくて〝同棲〟って言ったな」

「あ」

我に返った響の額を、前髪がさらんと撫でた。……なに赤くなってんだよ。今夜は暑くも寒くもないのに。

「ってかさ、おまえはなんで俺のこと名前で呼ばないわけ？　俺だけ呼んで変じゃんか」

「うっ……いや、呼び捨てって、呼ばれるのはいいんだけど、呼ぶのはえらそうで抵抗があって」

「えらそうでいいだろ。まだ俺のこと崇拝してんのかよ、仙人」

「崇拝、なのかなあ……？」

自分の心の問題だろうに、首を傾げて考え込む。

こんにゃろ。セックスの時は呼び捨てが平気って、ンなわかりやすい上下関係が味方じゃないと、対等になれないのかよ。

「自惚れろって言ったよな？」

胸ぐらを摑んでやったら、落ち着いた表情で「……はい」と素直な返答があった。

「俺は響にしか従わないし、なにされたってかまわないんだよ。おまえはもう間違いなくえらいの。えらそうにしてろ」

ふふ、と苦笑した響の目が、店の光を吸って滲む。

右手で俺の後頭部をふわふわ撫でて、内緒話のように小さく囁いた。

「……ありがとう。名前で呼び合って、自分の言うことを聞き入れてもらえる立場に憧れてたからこそ、慣れるのに時間がかかるんだと思うけど、俺も大好きだよ――……玲二」

耳にかかった吐息に身震いした。……こいつ、たまに急に男前になって、ずるい。


帰宅したあと人形焼きを食べて、「響、頭をもぐなよ、酷い奴だなっ」「えー、身体から食べて首だけ残すのもナンじゃない？」と笑って大事に味わったら、「よし、じゃ今度は俺が響に食べられてやる」とかなんとか威張って、一緒に風呂へ入った。

「昔、響の家に何度も泊まってたのに、ふたりで風呂に入ったことはなかったよなー」

浴槽の白色の湯に浸かって膝を抱える俺と、桶《おけ》で湯を掬《すく》って身体に馴染ませてる響。

「いくら友だちでも、男同士でお風呂って、あんまり入らないんじゃない？」

「そうなの。友だちってよくわかんないな」

「大澤と一之宮が一緒に入ってるの、想像できる？」

「あははっ、笑えるっ」

「あのね……」

響もそろりと入ってきた。俺と並んで、同じように膝を抱える横顔を見返して、「だってさ、」と会話を続ける。

「大澤って優等生なのはわかるけど、プライベートな部分は思考も行動も謎だろ？　他人の事情にはくちだすくせに、自分の恋愛は何年もひた隠しにしてたし」

「ああ……和田先生のこと、俺も全っ然知らなかったもんなあ。ずっと一方的に相談聞いてもらってたよ」

「ほら。そーいう無感情なロボットみたいな奴だから、誰かと風呂入って洗いっことかしてたら、ギャップの激しさにすげえ笑えんの」

「和田先生に悪いよ」

「してんのかなー……音楽教師と洗いっこ」

言いながら、響の肩に腕をまわして腰を浮かし、向かい合って膝に跨《また》がった。

水音と波紋と、響の視線に羞恥心を煽られるのは気のせいってことにして、自然な素振りで身を寄せる。

響も俺の腰に腕をまわして微笑んだ。

「もしかしたら、大澤と和田先生は風呂で歌の授業してるかもよ」

「わ。最悪だな、それ。俺だったら風呂に沈めてるわ」

「玲二の『I LOVE YOU』は俺の宝物だけどなあ……」

「おまえ、こういう時だけ名前で呼ぶなよっ」

肌が擦れ合う微かな緊張と照れを、響が他愛ない会話で紛らわそうとしてくれているのがわかった。

ふにゃふにゃ笑って明るい雰囲気を保ったまま、俺の腰にある手をすこし動かして、やんわりと短い距離を往復させつつ、心ごとほぐしてくれる。

乱暴にされたって平気なのに、と焦れる反面、この優しい抱擁もすごく好きで困る。

「俺、おまえが結婚したいって言いだしたら、もう許さないからな。全力で責める」

「飛馬……」

響の濡れた頬を両手で包んで、睨みつけた。

「絶対引かない。大澤のとこみたいに子どもはできないし、兼谷のとこみたいに、とりあえず書面で証明することもできない関係だけど、俺は自分が劣ってるなんて考えないよ」

「うん、劣ってないよ」

「お互い一番幸せにできる相手だから選んだって、自信持ってるからな。男にも女にも、おまえは譲らないし、おまえも身を引こうとか考えんなよ」

「……ン、考えないよ。玲二は俺のものだよ」

お、れの、ものって……初めて、言われた。

動揺して顔を隠すように響の頭を抱きかかえても、響は「ものって、やっぱちょっと、自分で言うのは苦手かも」とか、のんきに笑ってる。

このやろっ、と両腕で縛りつけたら、「ぐるじいぐるじぃ」と抗《あらが》ってすぐ、俺の胸をそっと舐めて、くちに含んで反撃してきた。一瞬で快感が足の爪先まで走り抜けて、わっ、と跳ねた背中も、うしろからおさえられて捕まる。

……浴室は音がいやらしく反響して大変だ。

「響……舐め方が、やらしい、」

「音のせいだよ」

ぞくぞく背筋を這いあがる痺れを、響の指先が丁寧になぞっていく。そうしながら乳首を甘噛みされて、気持ちよさと嬉しさと憎たらしさが、悲鳴っぽい喘ぎになった。

でも俺が激しく反応すると響は心配になるようで、いつも愛撫を緩めて両腕で抱き竦めて、〝大丈夫？〟とでもいうように頭を撫でてくる。

ほんとに本当に、本心から、おまえのこういう思いやり全部が好きで好きで堪らない。

「回数、重ねるごとにさ……響って、ずるい感じに、なるよね」

「ずるい？」

余裕そうにへらへら苦笑いすんな。

「俺にも、めろめろになれって言ってんだよっ」

「へ」

うしろ手に響の下半身を探って、自分のそこにあてがった。腰を下ろしてゆっくり挿入《い》れようと試みる……けど、きつい。張り詰めて、みちみち皮膚が抵抗してるのがわかる。

「玲二、無理だよ」

「水って……滑ら、ないんだな」

むしろ肌が引きつって突っ張って、ベッドでするより痛い。

人ががんばってるのに、響は焦って俺の顔やら背中やらを、ぐいぐい撫でる。

「よそう？　せめて浴槽でて石けんとか使った方がいいし、俺は十分めろめろだから、」

「おまえ……適当にめろめろって、言うんじゃねえよ」

うるさいくちはキスで黙らせて、懸命に時間をかけて響の想いを自分の奥にしまった。

左足がつってたけど、一箇所痛いのも二箇所痛いのも同じだと諦めて、自分の熱情と、響の至福だけ手繰り寄せるのに必死になった。

響も痛みを和らげる一番は快感だと思ったのか、途中から俺の胸をまた歯と舌先で刺激して、何度も俺を呼んでくれた。それから、前に手を忍ばせる。

「……玲二の、あまり反応してないね。痛かったせいかな」

「ばか」

「ごめんね……ありがとう」

響の指が絡みついて、いきなり強引にされた途端、脳天までびりびり性感が駆けのぼった。甘く優しく溶かされて、湯の熱さに朦朧《もうろう》として、響に縋りついてなにか喘いだけど、言葉になってなかったと思う。

我に返ってからは、自分も腰を上下させてきちんと響に快感を返した。互いの呼吸が荒くなって、それだけで会話してる気分になる。熱に浮かされて、閉じた目の奥で光の残像が散るのを見て、響って呼んだ。

響。……響。

「そうやって……響が、乱れてくれるのが嬉しい」

「誰のせいだかわかってる……?」

「……うん。だから嬉しい」

まだ言ったことないけど、俺、おまえに抱かれて気持ちよくなると、なんか泣きたくなるよ。身体全部で好きだって叩きつけられて、嬉しくって胸が詰まって、世界一幸せだと思ったら、切なくなる。……えろいことしてんのに変だね。

「——玲二、泣いてるの……?」

ばか。

今はそこまで気づいて、優しくしなくていいんだよ。

風呂からでて着がえたら、日付はとうにかわっていた。

「あぁ、仕事が……今夜も徹夜だ……」

ベッドに崩れて頭を抱えるも、風呂でのぼせて動けない。

響が水を持って傍に来て、くち移しで飲ませてくれた。

「なまぬるいよ」

「ごめん、自分で飲む？」

「ううん、ぬるくていい」

照れ笑いした響がもう一度水をくれてから、グラスを置いて横に転がった。仰向けになった響の左肩に額をつけて、腕と脚を絡めて、夜に耳を澄ます。

室内は響のデスクのライトの光だけで、ぼんやり薄暗い。

「……ねえ、玲二。五階って、風の音がするよね」

「そう？」

じっと息を詰めて窓の外を耳で探ってみたら、確かにひゅうひゅうと聞こえた。高校の屋上で寝てた時と似てる。車の騒音より、風の音の方が近い感覚。

「響に言われて、初めて気づいたかも」

「俺は一軒家とか、ずっと低い場所で生活してたからなー……」

響の腕から石けんの香りがした。普段から体温が高いのに、風呂あがりのせいでさらに熱いそこに額を擦りつけて、噛む。

文句ひとつ言わずに、響はちょっと笑って俺の頭を撫でてくれた。

「……来週の出張さ、」

「ん?」

「俺、玲二と一晩離れてるの、寂しいかも」

あはは、と吹いてしまった。

「子どもだな、おまえは」

「そうだよね……でも俺、誰かと暮らすのが久々でさ。その相手が玲二で、ただいまって言うと、おかえりって、迎えてくれるんだよ。今すっごい幸せなんだよ。……ビジネスホテルの冷たいベッドにひとりとか、いやだなー……」

溜息までついてごねる響の頬を、やわやわ引っ張ってにやけた。

ことさら明るく笑って「出張の時って、普通浮気するんじゃないの?」と、からかってやっても、「あ、その発想はなかった」と純粋に驚いて目をまるめる。

それでまた笑いながら、俺は心の奥で思っていた。

本当にひとりになった時、二度と立てなくなるのは、きっと俺の方だよ、と。

響は身内も失って親戚もおらず、表向きは天涯孤独だろう。でも違う。

常にたくさんの人間に囲まれていて、文句や愚痴をこぼせるほどに深い付き合いができるし、支えたいと思える人がいて、支えようとしてくれる人がいる。おまえが視野の広い優しい人間だから、世界もちゃんと華やかだ。

だけど俺は、おまえしかいない。

恋愛相談をし合った友だちなんて、いなかった。卒業式で泣く意味もわからなかった。家族を尊く思ったこともない。仕事相手は単なる仕事相手でそれ以上でも以下でもない。携帯電話に登録した番号も、おまえのひとつ。

ふらふら漂ってた俺を見つけて、人間として認識してくれていたのが、響だけだった。

「……響、おいで」

「なに？」

「ひとりになっても寂しくないように、ぎゅ～ってしてやるよ」

黙って微笑んだ響が、俺の胸に擦り寄ってきた。その頭を両腕で抱き締めて、強く強く抱き竦めて、懐かしくて愛おしい響の香りに浸った。

「また月半ば過ぎて、お互い仕事が落ち着いたら、響の家族の墓参りに行こう」

「え……」

「同棲始めましたって、報告しないとな」

俺の世界は、響が広げてくれる。響がいることで色づく。

最期まで恩返しするために、俺はおまえを離さないし、幸せにすることを怠らないよ。

「ありがとう、玲二。……本当に、ありがとう」

……今度は響が泣いてるな、と気がついたけど、俺は黙って響の頭を撫でた。髪の隙間に指をとおして、さらさらなぞって、風の音を聞き続けた。

ふたりのはなし

響《ひびき》に初めて会った日って、本当はわからない。あれが初対面だったのかも、と思い当たる、漠然とした映像なら頭に浮かぶものの、はたしてそれが正しいのかどうかは曖昧だ。

〝憶えてない〟じゃなく、素直に〝わからない〟。

なぜなら響は最初から違和感ひとつなく、ここにいたから。


シャコン……シャコン、という心地いい音で目が覚めた。

重たい瞼を開くと視界に金色の太陽が飛び込んできて、思わずうわっと顔をそむける。

太陽光線にやられて、目の奥までズシンと痛んだ。

制服の袖で目をごしごし擦りながらベンチの上で身体を起こしたら、海東《かいとう》がいた。

また写真撮ってる。屋上の真ん中に突っ立って、空にカメラを向けてファインダーを覗く楽しげな横顔が、さっき目に染みついた太陽の残像のせいでよく見えなかった。

「なあ、海東」

振り向いた顔にも緑っぽいまるい太陽の影が被さって、表情までわかんない。

「は、はい……？」

なんか、あいつの声、震えてんだけど。

「ビビんなよ。呼んだだけだろ」

「え、だって……その、」

「あ？」

「初めて、話したのに……俺の名前、知っ、」

「あん⁉　ぼそぼそ言っててちゃ聞こえねえよ！」

「すみません！　話しかけてもらえてすっごく嬉しいです！」

……なにそれ。

びしっと直立不動になってる海東の顔を見たくて、目をぱちぱち瞬いてみるけど、どうしたって太陽の影が消えない。しかたないからベンチを立って近づいた。

「おまえ、いつも写真撮ってるな。学校にカメラ持って来るほど好きなの」

「あ、これは写真部で借りたカメラだよ」

「写真部員なのか」

「一応ね。活動はほとんどしてない。部室も不良のたまり場になっちゃってるし」

活動ってのがどんなものか想像つかないし、部室の場所も顧問の教師も、知んないな。

「写真部の部室って、たまり場にしたくなるほど居心地いいの」

「どうだろう。写真の現像液に匂いのきついのがあって、部屋に換気扇もあるから、煙草を吸ってもバレないってだけじゃないかな」

「へー、いいこと聞いた。そこどこ？」

にじり寄ったら、思いがけず「教えないよ」とかたい声で跳ね返された。

「なんだよ、急にえらそうに。おまえに説教されたって、俺は煙草やめないからな」

「そうじゃなくて……たまってる不良メンバーに吉野《よしの》がまじってるから、顔合わせない方がいいと思ったの」

「吉野？　誰それ」

視界の太陽のおぼろな影のなかで、海東のくちがあんぐり開く。

「い、今一番、飛馬《あすま》君につきまとってる不良でしょ、名前知らないの？」

「あぁん!?」

こいつ今なんつった。セーターの袖を引っ張って耳元で怒鳴りつけてやる。

「気持ち悪い呼び方すんなよ!!」

「うわあっ……よ、呼び方？」

「〝飛馬君〟とか、からかってんのか!?」

「へっ。あ、じゃあ……飛馬、さん」

「おまえなんなの？　殴られたいの？」

「違うよっ。うーと、ええと……──飛馬」

　フン。

「人の名前、無駄に連呼すんな」

「ご、ごめんなさい……」

　至近距離に近づいたら、やっと顔が見えた。そっぽ向いて溜息ついて、赤くなってる。

摑んでる腕も、ちょっと熱い。そうだな。今日は暑いもんな。

　桜が散った途端に、いきなり夏日が増えた春。

「海東の写真、今度見せろよ」

「お、俺の写真？　……見てくれるの？」

「毎日屋上来て、夢中になって撮りたくなるぐらい素敵なんだろ？」

　返答に間があった。なにを逡巡してるのか気になって、目を眇《すが》めてじっと凝視してみると、顔の赤いのが耳まで広がってる。あれ、照れてんの……？　泣きそうじゃんか。

「いやならいやって言えよ。べつに無理強いしないよ」

「ううん、違う。嬉しかったんだよ。……俺が撮ってるとこ、見ててくれてありがとう」

「は？　人が寝てる横でシャコシャコ鳴らされれば気になんだろ」

「そうだね」

ふにゃ、と笑った海東が、照れくさそうに、嬉しそうに小首を傾げて言った。

「なら、これからはもっと夢中で撮るよ。素敵なものいっぱい探してくるね、飛馬のために」

その左頬を日差しが撫でる。……こいつの笑顔って気が抜けるんだよなあ、と思う。


海東の写真は素敵だった。全部、きれいだった。

桜は中央の雌蘂《めしべ》にピントが合って、周囲の輪郭が水に浸ったみたいにぼやんとしてる。細い木の枝に、こんもり積もった雪も、陽光に照る光の粒までくっきりおさまってた。学校の屋上で撮っていたという空は自分も知っているはずなのに、色彩も遠さも違う。自分の目では、こんなふうに見えたことない。

「ポストカードみたいだな！　海東すごいな！」

「そ、そんな喜んでもらえると思わなかった」

「すごいよ。本当に素敵だった。びっくりした。なんかほんとに、んーと、感動した！」

語彙《ごい》が少ないことの悔しさを、初めて体感した。

海東はたじろいで苦笑いする。また赤くなってんぞ。今日も暑いのか？

「飛馬が……写真とか、感動してくれる人だと思わなかった」

「なんで。きれいなものはきれいって言うよ」

「うん……なんだろ。〝写真は所詮つくりものだ、目で見るものが一番きれいに決まってんだろ！〟みたいな、硬派なイメージ持ってたから」

「ふうん？　硬派なのか、それ」

変なイメージ持たれてんな。確かに、カメラを持ち歩こうと思ったことも、撮られたいと願った瞬間もないけどさ、俺は写真の楽しさや、きれいさを知らなかっただけだ。

この海東の写真は好きだし、どれも全然見飽きない。

「すごいなー……女子が使い捨てカメラを持ち歩いて、ことあるごとに撮ってんじゃん？　あの気持ち、なんとなくわかったよ。こんな素敵に撮れるんなら、ハマっちゃうな」

「ん？　いや、俺と女子の求めてる素敵さは、すこし違うんじゃないかな」

「どういうこと？」

「女子は俺みたいに画の美しさを重視してるんじゃなくて、今の、この高校生活を素敵だって感じて、記録のために撮ってるんだよ、たぶん」

んー……？　難しい話になってきた。

「頭で憶えておくだけじゃだめってこと？」

「うん。忘れちゃうこともあるから」

「忘れられるなら、忘れて支障なかった事柄なんだろ。そんなのまで記録しておくの?」

海東の視線が、すぅと下がった。なにか噛みしめるように二回瞬きして、言う。

「未来で振り返るからこそ、大切だったって気づく過去もあるんだと思うよ」

……その深刻そうな声と瞳が一瞬時間を止めて、俺の〝今〟ごとわからなくさせた。

鳥が鳴いてる。日差しが、左腕を焼いてる。なんにも言葉が浮かばない。

海東の表情は優しくて唇もやんわり笑んでるのに、こっちの息が詰まるぐらい威圧される意味が謎で、

「……そか。記録したいほど、いい高校生活で、いいな」

とか、ほとんど無意識に、無感情にこたえた。からっと笑顔に戻った海東も「ほんとだよね」と肩を竦めて、いつものふにゃふにゃした感じになる。

なんだ。なんだこいつ。……でも、ほっとした。

「飛馬は美人だから、画としても素敵だろうね。今も大人の姿も、芸術としても思い出としても、価値あるよ」

「はあ?　……おまえ、微妙に〝使い捨てカメラ持ち歩いてる女子どもは姿を撮る価値もない〟って言ってない?」

「えぇっ!?　ないないない、ないよ!　ないから!　言ってない!」

「動揺する方があやしいな」

「違っ、ほんとに……っ」

頭を抱えて「ああっ」と慌てる姿に笑うと、もう安堵感だけが心に満ちていた。

ベンチの上で足をぶらぶらさして、また写真をぱらぱらめくりつつ、
とこたえる。

「俺は自分を撮られるのはいやだよ」

「家にある写真のなかで物心ついてから撮られたのも、親の再婚旅行に嫌々連行された時のぐらいだけど、仏頂面ばっかりだしな。見返したくもない」

「……そうなんだ」

「おまえはアルバムに、にこにこした写真がいっぱいありそうだね」

微笑んだ海東も両手をベンチについて、地面を見下ろして足をぶらぶらした。

「俺、写真ほとんどないんだよ。小さい頃に両親ふたりとも事故でいなくなっちゃって、今はばあちゃんと暮らしてるんだけど、ばあちゃんってば機械音痴だからさ」

無理をした、掠れた明るい声だった。今度は空気も凍りつかなかった。けどわかった。

……ああ、そっか。海東、おまえ寂しかったんだな。寂しいんだな。

教室のごみごみした雰囲気は、昔っから嫌いだった。

長い廊下に斜めに日が差して、ガラス窓の四角い模様が床に浮かんでるのも、窓際の席に座って校庭の木々が季節ごとに色合いを変えるのを眺めるのも、生徒の帰った放課後、夕日色に染まった机に俯せて、外から届く野球部のかけ声を聞くのも、嫌いじゃない。

ただし日中のがやがやした休み時間と、身動きのとれない授業中が、猛烈に苦手だ。

その日、チャイムの音で目覚めて気紛れに屋上から戻ってみると、教室の相変わらずがやがやざわざわしてる空気に、早速げんなりした。

うしろの席でたまってげらげら笑ってる不良どもといい、こんな埃《ほこり》っぽいとこで早弁してる奴といい、ああ最悪だ。

溜息を吐き捨てて自分の席へ向かったら、うしろの席で海東が嬉しげに本を読んでた。

俺も椅子に横向きで腰掛けて、海東の机に左肘をおく。

「なに読んでんの」

「ん？　写真雑誌だよ。毎月買ってるの」

……ほんと好きだな、写真。

覗き込んだら、モノクロや色褪せた写真が並んでた。ただでさえ寂しげな色調なのに、壊れた自転車とか、手を繋いで歩く老夫婦のうしろ姿とかばかりで、なんだかお葬式みたいなもの悲しさだ。

「どうしてこんなふうにしちゃうの？　カラフルにすればいいのに」

「これはこれで味があるでしょ？」

「おまえの写真の方が、ずっといいよ」

むぐ、と唇を引き結んだ海東が、目を泳がせて俯いて、前髪をわしわし雑に梳く。

「プ……プロの人の、写真なんだよ？」

「ふうん。じゃあこのプロとは感性が合わないな」

「アマチュア、でも……俺の写真の方を、飛馬は、好いてくれる……の、かな」

「おろおろしてんじゃねえよ、むかつくな」

むかつく。俺が初めて感動したのは海東の写真なんだよ。プロだろうがアマだろうが、どうでもいい。初めてにかなうもんか。それを撮ったおまえが、消極的な態度とんなよ。

「ご、ごめん。嬉しくて、ぼうっとした」

「ぼう？　嬉しいなら喜べばいいだろ」

「はい。……ふへへ」

「それは気色悪い」

ぺん、とおでこをぶってやって、「……にしてもさ、」と再び雑誌を睨む。

「これ、写真の画はともかく、並んでる間隔がばらばらで、見てて気持ち悪い本だな」

「え？　間隔？」

ほら、と指さして教えてやった。写真同士の幅が、上下左右で全然違う。なにも考えず乱雑に配置したのがわかるのと同時に、つくった奴のやる気のなさまでうかがえて嫌悪感を憶えた。意図的だとしたら、こいつとも感性が合わないわ。

海東は俺を見返して、驚いたような顔をする。

「飛馬……これに気づいたんだ」

「普通気づくだろ。おまえは写真に夢中すぎんの」

「かな？　俺、バイトでちょっとこういうこと勉強してるけど、それまで全然わからなかったよ。飛馬はデザイナーのセンスがあるね」

「デザイナー？　服なんかつくれないよ」

「あはは。洋服じゃなくってさ、雑誌のレイアウトとか本の装丁とか考える人も、デザイナーって言うんだよ」

「……。へえ」

「飛馬のデザインってどんなだろうね。見てみたいなあ」

ふにゃふにゃ、へにゃへにゃ綻ぶ、海東の笑顔を見た。……デザイナーね。

「――よう、飛馬ぁ。おまえ、なに最近海東とべたべたしてンだよ。珍しいな、おまえが友だちごっこしてるなんてよ」

振り向いたら、制服をだらしなく着崩した茶髪の男が横に立っていた。なんで女の子みたいなヘアバンドしてんの。ズボンずり下がってぱんつ見えてんぞ。汚ねえな。

「誰おまえ」

「あぁん⁉　先週てめぇに殴られた吉野ですけど⁉」

よしの？　……あ、この前海東が言ってたのこいつか。

「飛馬てめぇ、まさか俺のこと忘れてンじゃねえだろうなぁ⁉」

「殴りたくなるぐらい鬱陶しい奴の名前なんて、いちいち憶えねえよ」

「憶えろよ‼」

「憶えないって」

「クソっ！　スカした態度とりやがって、腹立つなっ」

「日本語つうじない方が腹立つんだよ、あほ」

やっと気分よくなってきてたのに、なにこいつ。

無視して海東に向きなおろうとした瞬間、拳が顔に飛んできたので、よけて足払いしてやった。吉野は「きゃっ」と悲鳴をあげて転がって、俺が吹きだしたら、周囲からも笑い声があがった。「吉野、だっせえ」「女みたいな声でてたっ」と、みんな腹を抱える。

「ざっけんなクッソ!!」

真っ赤に紅潮した吉野は大股でずかずか扉へ向かい、途中で誰かの机をガコンッと蹴ってでて行く。

「あいつ、なんであんな苛々してんだろうね」と海東に疑問を投げかけたら、海東は視線を横に流して後頭部を掻き、変なことを言った。

「……吉野は、飛馬のこと好きなんだと思うけど」

「は?」

おまえの目にうつってる世界って、たまにとんでもなく未知だよ。


「飛馬!」

海東の声って、がやがやしてるとこでも、よく聞こえて不思議。

昼間の学食でパン売り場に群がる生徒を傍観し、もう買えないな、と立ち尽くしていたところへ、海東が手を振って「飛馬～」とにこにこやって来た。

「焼きそばパン余ってるけど、飛馬食べる？」

「焼きそば？」

こいつがパンをくれるのは、これが三度目。なんでかいつも焼きそばパンを余らせる。

「もらう」と頷いて、一緒に屋上へ移動する道すがら、

「なんで焼きそばパンばっか余らして、俺にくれんの」

と訊いてみたら、焦ったようすで笑顔を引きつらせた。

「あ、あれ、嫌いだった？　好きなのかなって、思ってたんだけど……」

「なんで？」

「前に屋上で、食べてたの見たから」

「見てたの」

「すみません」

どうして謝った。

「焼きそばパンは三番目ぐらいに好きだよ。クロワッサンと、じゃがいもサラダサンドも好き。一番はトマトサンド」

「わかった」

〝わかった〟……？　今日も変な奴だな、と見返して、なにやら楽しそうな横顔を観察する。視線を下げると、手にパンの入った袋があってかさかさ揺れてた。ふたつしか入ってないのに〝余った〟ってなんか変なの。

「ん？」

「飛馬ってさ、」

言いかけた海東が屋上扉を開いた。さあっと強い日差しが入ってきて、一瞬目が眩む。先を促されて屋上にでると、ついて来た海東のセーターも金色に照った。

「飛馬って、喧嘩強いよね」

「は？　なんだいきなり」

「吉野に殴られそうになった時も、簡単によけてたでしょ？　格好いいなあって思った。どうやったら強くなれるんだろうなあって」

「強くなろうとしたんじゃない、身を守ろうとしたんだよ」

「あー……なるほどなあ」

こんな適当で他愛ない会話でも、海東は深々感嘆して考え込んだりするから謎。

喧嘩好きな奴は自主的に強くなろうとするだろうが、俺は常に巻き込まれてるだけだ。だから身を守ってる。見てればわかんだろ、そんなの。

「海東はなに？　喧嘩強くなって、正義のヒーロー気取りたいの」

「はは。ううん。俺は、こう……なんていうのかな。人としての余裕みたいなのが、ほしいのかもしれないな。自分も大事な人も、守れるぐらいの」

「自分も他人もって、欲張りだな」

「ほんとだね……でも自分を守ることが、相手を守ることにもなったりするし。強くなりたいな」

〝自分を守ることが、相手を守る〟……？　また不思議発言が飛びだした。

やっぱり海東の世界は謎で難解だな。些細なひとつひとつを、逐一受けとめてぐるぐる悩む奴だからこそ、こんなふうになるんだろうけど。

ベンチに並んで座って、海東の前髪が太陽に透けるのを眺めた。

「はい、飛馬。焼きそばパンと、ジュースもね」

「ジュース？」

俺に焼きそばパンとコーヒー牛乳。自分にミルクパンとバナナジュース。……買い余し方も、妙な奴だ。

その翌日、パン売り場で人ごみにもみくちゃにされながらも、焼きそばパンを買った。

海東にお返ししようと思ったからだ。

でも毎日一緒にご飯を食べてたわけじゃないし、海東は教室だと大抵、誰かとしゃべって笑ってる。相手も様々で、男子だったり、女子だったり、複数だったりして、こっちが思わず立ち尽くして閉口するほど、ふわふわほわほわ幸せそうな笑顔をしてるから、なんか邪魔できなくなって、渡せなかった。

授業中ならうしろにいるけど、おもむろに焼きそばパンをだすわけにもいかないし、こんな時に限って屋上で会えなくて、結局腐ってだめになって、二日後に捨てた。

海東は人気ものなんだなあと思った。

俺があいつと一緒にいられんのって屋上だけだったんだな、とも。

「海東、肩かせよ」

「へっ」

どか、と寄りかかって寝る。最近、こいつの肩枕は寝心地がいいことを知った。

「おまえ、喉仏きれいだね。……てか、首まで真っ赤だぞ。暑いならセーター脱げば？」

「あ、ぅ……脱いでも、たぶん変わんないから、いいや」

へえ、大変だな。海東の喉のラインをするする触りながら、初夏の空を仰いだ。きれいな青だ。今日も屋上は気持ちいい。

「もうしばらくしたら、夏になって屋上にもいられなくなるな。ゆでだこになる」

「うん、そうだね」

「海東は暑くても写真を撮るの」

「もちろん撮るよ」

「じゃ、見してよ」

屋上で会えなくなってもさ。

「あ……り、がとう。飛馬に好いてもらうのが、一番嬉しいよ」

「なに言ってんだ」

おまえの一番はいっぱいいそうだ。友だちの数、半端ないし。

「嘘じゃない、本当だよ飛馬っ。ほんとにほんとに、本心から、一番嬉しい！」

「あはは、わかったよ」

んじゃ、ご飯食べるか、とパンの入った袋を探っていたら、ふと手元が陰った。

ハテナ、と顔をあげると、

「今日は屋上でいちゃいちゃですか、飛馬さん？」

吉野だ。おまえも今日は、うしろにふたりも取り巻きくっつけて来てんじゃん。

「なんか用？」

「てめぇみたいな奴はさ、海東なんて地味な写真オタクより、俺らと連んでる方が合ってんじゃねえの？」

「あ？」

「喧嘩するしか脳のない野郎なんだからよ、オタクといるとすげえ浮くわっ。あっはは」

……藪《やぶ》から棒に、とんだ的外れなこと言いだしたな。

きょとんとなって、俺は海東を見返した。

「おまえって、写真オタクなの？」

海東も目を瞬いて、「え、ええと……」と考える。

「まあ……オタク、かな？　夢中になるし」

「ふうん。でも地味じゃないよな？　クラスでずば抜けて目立ってるもんな」

「ええっ？　俺、目立ってる!?」

「うん。おまえ、どこにいてもわかるよ。いつもにこにこ華やかで、声もよくとおるし」

「そ、そんなこと言われたの……初めてだけど」

そうなの？　と話していたら、吉野に「うおぉい!!」と怒鳴られて、ふたりきりじゃなかったのを思い出した。

悪い悪い。いたね、おまえ。

「面倒くせえな、ったく。吉田《よしだ》さ、俺らこれから食事するから、あとにしてくんない？」

「よしだ!?」

「あ、ごめん。吉野だ。素で間違えた」

海東の肩に寄りかかってると、あったかくて眠くなって、頭のなかでぎりぎり記憶してることが抜け落ちてくわ。

吉野も癪《しゃく》に障ったらしく、「ふざけんなっ!!」と怒鳴って飛びかかってきた。

今は腹減ってるし、せこいけど股間《こかん》でも潰して一発で黙らせるか、なんてのんびり考えていたら、思いがけず海東が俺を抱きかかえて庇《かば》ってきて、計算が狂った。

吉野の拳は海東の後頭部にもろに直撃して、その勢いで俺の頭ともごちんとぶつかる。

「飛馬、ごめっ……いったたっ」

「鈍くさいな！　余計なことすんな、ばかっ」

「ごめん、ちゃんと守りたかったのに……っ」

猛烈に焦った手つきで、海東は俺の頭を撫でまわす。おろおろして、眉間にシワを何重も刻んで、今にも泣きそうな顔をしてる。自分の方が痛いだろうに。

吉野が「うっはっははは、だっせえ、ざまぁねえわ、ウケる！」と、取り巻き連中と爆笑している。

……ああもう、本気で腹立った。

吉野の正面へ立って睨み据え、あほ面で「な、なんだよ」と狼狽してる隙をついて、そのずり下がったズボンを瞬時に膝までおろしてやった。で、肩をぽんと押す。

「ああっ」

情けない声をだして容易く尻もちをついたところで、ぱんつの上から股間を踏んでねじり潰しておしまい。

「ぎゃあっあああっぁ」

「うらうら。これ上靴が汚れるから滅多にやんねえんだぞ」

でも効果はある。涙目で這いずる吉野を放って、取り巻き連中も片づけた。弱っちい攻撃をかわして鳩尾と下腹部を殴り、同じようにズボンおろして丁寧に潰してやる。

三人が転がるように逃げて行く間、吉野のぱんつが脱げて半けつになってた。

大笑いしてベンチに戻り、海東の横に座る。

「飛馬、ほんと強いね」

海東も笑ってた。

「ばか。まだ頭痛いだろ？　おまえもちゃんと自分を守れるようになれよ」

「大丈夫。自分の痛いのは、痛くないよ」

だからそういうの、意味わかんないってば。

「俺はさ……飛馬が痛くなければ、嬉しいんだよ」

……わかんないって。

前髪を日差しに溶かして、睫毛まできらきら瞬かせて、ふんわり柔和に笑う海東。言う言葉は理解不能なことだらけなのに、おまえが人に好かれる理由はなんとなくわかるよ。

「海東にやる」

パンの袋からトマトサンドをだして渡した。

「えっ、いいの？　一番好きなのに」

「一番好きだからだろ」

今度こそちゃんと、お返しだ。渡せてよかった。

海東はなにを考え始めたのか、手のなかのトマトサンドを見下ろして、くちを噤んでしまう。きっとこいつの後頭部、じんじん痺れてるんだろうな。でも自分の頭は一度もさすらないで、俺のだけ撫でまわしてくれた。

「そういえば、ああいうばかどもに絡まれて、誰かに庇われたのって初めてだな」

「──……飛馬」

ひとりごとを呟いた唇を、ふいに近づいてきた海東の唇に塞がれた。

触れたくち先から、海東の震えが伝わってきて息が止まった。かさかさの乾いた唇で、ただ単に緊張を交換しただけのくちづけ。

何秒ぐらいだったろう。離れてみたら、海東は目まで真っ赤だった。

「息が詰まって苦しいよ、海東」

そう言ったら、視線を俯かせて深呼吸して、また俺を見つめてこたえた。

「鼻で……呼吸すると、いいよ」

「ああ、そうか」

「じゃあ、もっかいするね」

「ん」

……。ん？　二度目は唇をすこし吸われた。それで離れてすぐ目一杯抱き締められた。

「海東、なんでもっかいしたんだよ」

「な、流れ……？」

「ながれ!?」

「ごめんなさい、したかったです！」

「したかったのか」

なんだ、それ。……こいつ喧嘩より難しいことしてきたな。対処のしかたがわからない。放っておけばいいのかな。

「飛馬……」

やけに切羽詰まった声だった。太陽に焼けた海東のセーターがいい匂いで、あったかくて、空が青くて、どうしたらいいかわからなくて、「うん」と返事した——。


「響、たば……——あ、もう寝てんのか」

深夜、くち寂しくなって響の部屋へ行ったら、すでにベッドで眠っていた。近づいて行って、横にしゃがんで寝顔を見る。無防備で、唇が僅かに開いてるちょっと間抜けなとこが、かわいい。

声を押し殺して笑って、頬を撫でてやって、くちを舐めて吸い寄せた。

「動かない唇にキスすんのって、切ないもんだなー……」

——あの日、カラスの鳴き声がすごくはっきりと、かぁって横切ったのを憶えてる。

誰かに見られてるんじゃないかなんて、あれ以後もあんまり考えたことはなくて、響の唇のやけにゆったり動くさまや、柔らかい感触や、そのくせ遠慮がちなことなんかを、目を閉じてずっと、心で見つめてきた。

これまで散々否定してきたし、全然自覚してないけど、たぶんやっぱり、今改めて思うに……思うにさ。初めてキスしたあの時には、俺もおまえのことが好きだったよ。

「起きたらちゃんと、お返ししろよ」

寝顔に向かって囁いて、再び唇を重ねて、優しくそっと甘噛みした。

あとがき

今作はプラチナ文庫の『きみのはなし、』に続く、上下巻の下巻になります。二冊でひとつの作品として完結するように構成しているので、ご理解いただいたうえでお手に取ってくだされば幸いです。

わたしは人生の途中を切り取って、〝ハッピーエンド〟〝バッドエンド〟とまとめるのは、言うことにも言われることにも、とても嫌悪感を抱きます。人間の生命のエンドは死であって、幸福はそこまで維持してこそ〝ハッピーエンド〟だと考えているからです。

作品を書く時にも、いつも登場人物の死まで考えるのですが、海東《かいとう》と飛馬《あすま》のふたりは、冷めることも忘れることもせず『最期のはなし』まで〝愛してるよ〟と手を握って微笑み合っている、真実の幸福なエンドを迎えるふたりでした。

そして上巻のあとがきで言った、文庫でのふたりの人生のひと区切りは、ここまでになります。

井上《いのうえ》ナヲ先生。執筆中、ずっとディスプレイに上巻のカバー画像を表示し続けていました。描いていただいたイラストすべてが宝物です。お忙しいなかお力かしてくださって、心からお礼申し上げます。

担当さんにも、とんでもなく迷惑をかけましたが、納得いくまでじっと待って書かせてくださったことで、思い入れを保ったまま本にできました。

ほか、携わってくださった方々にもたくさんの迷惑に対するお詫びとお礼を記します。すみません、ありがとうございました。

最後に、サイトからお付き合いいただいているかたにも、文庫で初めてふたりに出会ってくださったかたにも、たくさんの感謝を贈ります。

ふたりの幸福な日々から、すこしでもぬくもりを届けられたらと祈ります。

朝丘《あさおか》　戻《もどる》。

ふたりのはなし。

プラチナ文庫をお買いあげいただき、ありがとうございます。
この作品を読んでのご意見・ご感想をお待ちしております。

★ファンレターの宛先★

〒102-0072　東京都千代田区飯田橋3-3-1
プランタン出版　プラチナ文庫編集部気付
朝丘 戻。先生係 / 井上ナヲ先生係

各作品のご感想をWEBサイトにて募集しております。
プランタン出版WEBサイト http://www.printemps.jp

著者――朝丘 戻。(あさおか もどる。)
挿絵――井上ナヲ(いのうえ なを)
発行――プランタン出版
発売――フランス書院
〒102-0072　東京都千代田区飯田橋3-3-1
電話(営業)03-5226-5744
　　(編集)03-5226-5742
印刷――誠宏印刷
製本――小泉製本

ISBN978-4-8296-2504-0 C0193